書下ろし

闇奉行 黒霧裁き

喜安幸夫

祥伝社文庫

目次

旗本・黒永豪四郎の屋敷
湯島天神
神田明神
不忍池
浅草寺
蔵前
本所
両国橋
神田川
小石川御門
牛込御門
四ッ谷御門
評定所
江戸城
呉服橋
日本橋
両国広小路
大川（隅田川）
竪川
小名木川
八丁堀
京橋
北町奉行所
永代橋
深川
鉄砲洲
愛宕権現
神明町
増上寺
飯倉神明宮
浜松町
品川
北
西
東
南
「闇奉行 黒霧裁き」の舞台

神明前「弥勒屋」
飯倉神明宮
増上寺
神谷町「大黒屋」「恵比寿屋」
小料理屋「浜久」
古川
赤羽橋
中門前三丁目弥之市一家
金杉橋
金杉町
元札ノ辻人宿「相州屋」
三田寺町
田町
幽霊坂
魚籃坂
泉岳寺
高輪大木戸

一　ある失策

一

「ん？　あれは」

榊原主計頭忠之《さかきばらかずえのかみただゆき》は、江戸城本丸の表玄関を出た瞬間、ふり返った。

（錯覚《さっかく》か）

思いながらも足をとめ、目でその背を追った。

文政《ぶんせい》二年（一八一九）の初冬、小春日和《こはるびより》を感じる一日だった。

北町奉行の忠之がお城への出仕で、袴《はかま》に裃《かみしも》を着けているのに対し、その男は腰に両刀を帯び歴《れき》とした武士姿だが袴に羽織だけである。将軍家にお目見えできない微禄《びろく》の旗本のようだ。

その背格好が、

(やはり似ている)

忠之はあらためて思った。

声をかけようとした。

表玄関前に待っていたお供の与力が、

「お奉行、なにか気になることでも? さあ」

「ん、ふむ」

帰りをうながすように言ったのへ忠之は応じ、本丸御殿の表玄関を背に大手門《おおてもん》への坂道を下った。

この日、忠之は上司である若年寄《わかどしより》の内藤紀伊守信敦《ないとうきいのかみのぶあつ》に呼ばれ、

「これは極秘じゃが」

と、前置きされ、意味ありげな下知《げじ》を受けた。

「普請《ふしん》奉行の黒永豪四郎《くろながごうしろう》の身辺を、以前にさかのぼって洗え」

というものだった。

普請奉行といえば、お城の石垣修繕《しゅうぜん》、堀普請、江戸府内の町々の道普請、橋梁《きょうりょう》の架《か》け替え、上水の整備など、大勢の人足を要する普請を掌握《しょうあく》し、やりよう

によっては実入りの多い、

――叩《たた》けば埃《ほこり》が出る
役職で、二千石級の旗本がこの役務に就いていた。

さらにそれは、目付《めつけ》や勘定吟味役《かんじょうぎんみやく》などを経て、勘定奉行や町奉行に昇進できる道順でもあった。

内藤紀伊守によれば、黒永豪四郎の柳営《りゅうえい》（幕府）でのふるまいが、

「度を越しているというか、あの者の周辺には、どうも以前から黒い霧《きり》が立ちこめ、ちと気になってのう」

と言うのである。幕閣の面々になにかと理由を設《もう》けては法外な付け届けをし、その〝黒い霧〟が〝度を越している〟らしい。

先日、内藤紀伊守の屋敷に菓子折りが届き、異常に重いので不思議に思って開けてみると、

「なんと栗饅頭《くりまんじゆう》と一緒に切《き》り餅《もち》が四つも入っておってのう」

と、そこに忠之は驚いた。

菓子折りの底に小判の数枚も忍ばせるのは、よくある賄賂《まいない》の手法だが、切り餅四つとは尋常ではない。

菓子折りに日付が記《しる》してあった。それは紀伊守に幾人《いくにん》かいる姫たちの一人の誕生日であり、紀伊守さえ奥方に言われなければ気づかなかったほどである。それを普請奉行の黒永豪四郎は調べていた。誕生日は姫であり、そこに切り餅四つとは多すぎる。

大量の小判をまとめるとき、二十五枚をひとくくりとして白い紙包みにする。それが切り餅のかたちに似ていることから、切り餅一つといえば二十五両を意味した。その切り餅が四つとは百両である。尋常の額ではない。紀伊守信敦まで忘れていた娘の誕生日にかこつけ、向後《こうご》ともよしなにとのことであろうが、百両なども、なにをよしなになのか。

若年寄は旗本支配の幕閣である。そこに旗本の黒永豪四郎が法外な賄賂……。

──向後とも、お目こぼしをの意味かもしれない。

「あやつめ、以前からなにかとうわさの多い人物と聞いておるが、普請奉行を足掛かりに、末《すえ》は現在《いま》そなたが就いておる町奉行か、それとも勘定奉行まで上りつめたいのであろう。これまでの実績への評価に非《あら》ずして、黒い霧の中でそれを得ようとするなど、御神君家康《いえやす》公以来の柳営の箍《たが》が弛《ゆる》む因《もと》となる。それこそ、将軍家の重大事じゃ」

さすがに紀伊守信敦は譜代《ふだい》大名らしく、徳川家への忠誠を示す言葉である。信敦は越後《えちご》村上《むらかみ》藩五万石の藩主である。

「御意《ぎょい》」

北町奉行の榊原忠之は、真剣な表情で応じた。

「わしに切り餅四つとは、馬鹿《ばか》なやつだ。逆に黒い霧の中を垣間見《かいまみ》せおったわ。あやつの役職柄、市井《しせい》にきっと金づるになっている者がいるはずじゃ。それを洗い出せ」

「ははーっ」

若年寄・内藤紀伊守信敦の下知に忠之は、畳《たたみ》についた両拳《こぶし》に力を込めた。心あたりがあるのだ。

紀伊守はさらに言った。

「町場での探索はおぬしに任せるが、やつは旗本ゆえ目付《めつけ》の青山欽之庄《あおやまきんのしょう》にも申しつけておいた。いずれ手の者どもが鉢合《はちあ》わせになることがあるやもしれぬ。そのときは双方、うまく計《はか》らえ」

「はーっ」

あらためて忠之は、両の拳に力を込めた。このときの〝うまく計らえ〟には、大きな意味があった。

若年寄は旗本支配であるが、実際に調査や不正の探索などに動くのは若年寄配下の目付であり、さらに目付の差配で足を駆使するのは徒目付《かちめつけ》であった。

一方、町奉行の差配で現場に足を運ぶのは、定町廻《じょうまちまわ》りや隠密《おんみつ》廻りの同心たちである。

徒目付と町方の同心たちが一つの獲物を追ったなら、かならずいずれかでぶつかる。そのときはどうなる。支配違いとは、きわめて面倒なのだ。

その面倒な事態に遭遇したときに、若年寄の〝うまく計らえ〟の言葉があるとないとでは、双方の対応が大きく変わってくる。忠之が両拳にあらためて力を入れたのは、そこに対してであった。

忠之が本丸御殿の表玄関前で、

(似ている)

と、首をかしげたのは、いましがた受けた下知に係《かか》り合《あ》うものでもあった。

その者は表玄関に入らず、向かって右手のほうへ歩を取っていた。表玄関の右手に目付部屋や徒目付の詰所《つめしょ》があり、専用の出入り口のあることも忠之は知っている。羽織袴の武士は、そこに向かっていたのだ。

二

その日の夕刻近くだった。

蠟燭《ろうそく》の流れ買いのおクマ婆《ばあ》さんと付木《つけぎ》売りのおトラ婆さんが、一日の商《あきな》いを終えて寄子宿《よりこやど》に戻って来ていた。二人が裏手の井戸端で手足を洗っているところへ、竹馬の古着売りの伊佐治《いさじ》も帰って来た。田町《たまち》四丁目の札ノ辻《ふだのつじ》の人宿《ひとやど》・相州屋《そうしゅうや》である。おもての東海道《とうかいどう》は、大八車《だいはちぐるま》も荷馬も往来人も、仕事は陽《ひ》のあるうちにときょう最後の慌《あわ》ただしさを見せはじめている。

ひと足さきに手足を洗い終えたおクマとおトラが、

「あんれ伊佐さん、一人かえ。出るときにゃ仁左《じんざ》さんと一緒だったんじゃ？」

「あれ、ほんとだ。一人で帰って来るなんて珍《めずら》しい」

と、怪訝《けげん》そうな顔をつくった。伊佐治は、こんもりと古着を盛った天秤棒《てんびんぼう》に、馬のような竹の足をつけた商売道具を脇《わき》に置き、

「ああ。今朝《けさ》よ、俺が金杉通《かなすぎどお》りにこの竹馬を据《す》えて店開きをすると、仁左どんは

別のところをまわるから、とどこかへ行っちまったい。それっきり戻って来ねえのよ。まだ寄子宿《こ こ》にも帰《けえ》っていねえのかい」

逆に問いを入れた。

またおクマとおトラが、

「ああ、まだだよ」

「いつも一緒の伊佐さんを置いたまま、一人でどっかへ行ってしまうなんて、そんなの初めてじゃないかね」

などと話しているところへ、

——カシャカシャ
羅宇屋《らうや》の道具箱の音が、路地のほうから聞こえて来た。歩に合わせて鳴る、羅宇竹の響きだ。

「あ、帰って来た」

「そのようだな」

おクマが言ったのへ伊佐治は返し、釣瓶《つるべ》で水を汲《く》もうとしていた手をとめた。

路地は相州屋の裏庭から街道への通路になっている。羅宇竹の音が一段と大きくなり、仁左は三人の注視するなか、裏庭に姿を見せると、

「おう、やっぱり伊佐どん、さきに帰《けえ》ってたかい。街道の金杉通りをとおって来たんだが、竹馬が見えねえ。もう帰ったか場所を変えたか、どっちだろうと思いながら戻って来たんだ」

言いながら背の道具箱を地に降ろし、両手を上げて大きく伸びをした。衣装は札ノ辻の寄子宿を伊佐治と一緒に出たときとおなじ、股引《ももひき》に腰切半纏《こしきりばんてん》を三尺帯で決め、頭には手拭《てぬぐい》を吉原《よしわら》かぶりにした、どこから見ても一端《いっぱし》の職人姿である。道具箱の上蓋《うわぶた》に羅宇竹や煙管《きせる》が幾本も挿《さ》してあり、それがカシャカシャと小気味よく響き、その音だけで羅宇屋とわかる。

伊佐治は返した。

「さきに帰《けえ》ったもなにもねえぜ。こっちから訊《き》きてえや。朝からぷいとどこかへ行っちまっててよ。お天道《てんとう》さまが西の空へかたむきかけても戻っちゃ来ねえ。だからさきに帰ったのよ。きょう一日、近くで羅宇竹《らうだけ》の音も聞かなかったし。いってえどこをまわっていたよ」

「そう。あたしらも金杉通りの裏手をまわったんだけど、仁左さんの音、聞かなかったよねえ」

太めで丸顔のおクマが伊佐治のあとをつなぎ、細めで面長《おもなが》のおトラに同意を求

めるように顔を向けた。おトラはうなずき、

「そうそう。仁左さんの音もかたちもなかった。あっ、仁左さん。さては昼間から、しけこむようなところでもできたかね」

「えぇえ！　そうなの⁉」

おクマがなかば信じたような声を上げた。

井戸のある裏庭に、相州屋の居間の縁側が面している。

その居間の障子《しょうじ》が開き、あるじの忠吾郎《ちゅうごろう》が縁側に出て来て、

「どうしたい、みんな。朝の井戸端みてえににぎやかじゃねえか。なんだって、仁左どんに昼間からしけこむところができたって？」

「じょ、冗談《じょうだん》じゃねえですぜ、旦那《だんな》」

仁左は縁側に向かって、手の平をひらひらと振った。さらにおクマとおトラに顔を向け、

「ほれみろい。おめえらがみょうなことを言うから、旦那まであんなことを言いなさるんだ」

軽く詰《なじ》るように言うと、また縁側に向かい、

「ちょいとまえから声をかけられていたところへ出向き、そこですっかり時間を

とってしまっただけでさあ」

「ほう。どこへ」

と、忠吾郎は興味を持って問いを入れた。

「いやですぜ、旦那。ほれ、その、神明前《しんめいまえ》でさあ」

仁左はいくらか口ごもって言い、またおクマとおトラとさらに伊佐治にも顔を向け、

「そうそう、あしたはみんなで神明前に行かねえか。きょう行った感じだが、あしたもまた商《あきな》いになりそうでよ」

「ほう、あそこかい。そうするか。神明前はしばらく行ってねえからなあ」

伊佐治が言ったのへ、おクマとおトラも、

「じゃあ、あたしらもそうしようかねえ」

「そうね。あしたの商い、まだ場所を決めているわけでもないし」

と、同意の言葉を返した。

「ほう、みんなそろって神明参りと洒落《しゃれ》こむかい。そいつは優雅でいいや」

「べつによ、べつに、洒落やお参りで行くんじゃねえが」

忠吾郎が縁側に立ったまま言ったのへ、仁左は困惑したような口調で返した。

あるじの忠吾郎が、仁左たちの井戸端談義に加わるように、わざわざ縁側まで出て来たのにはわけがあった。

すこしまえ、街道に面した相州屋の表玄関に来客があった。人宿の相州屋に人が出入りするのはあたりまえだが、このとき暖簾《のれん》をくぐったのは北町奉行所の隠密廻り同心・染谷結之助《そめやゆいのすけ》で、いつもの遊び人姿だった。ということは、奉行の榊原忠之がお城に出仕し、奉行所に戻って来てから染谷を相州屋に遣《つか》わしたことになる。

染谷の口上は、

「——お奉行があす、金杉橋《かなすぎばし》の浜久《はまきゆう》に来られたい、と」

北町奉行の榊原忠之が、実弟の忠次《ただつぐ》こと相州屋忠吾郎に話のあるとき、いつも札ノ辻の相州屋と呉服橋《ごふくばし》御門内の北町奉行所とのなかほどにあたる、金杉橋の小料理屋・浜久を指定する。

だが、きょうの口上は、いつもとすこし違っていた。

「——供は連れず、お一人で」

だった。忠吾郎が浜久で忠之と会うときのお供とは、仁左と伊佐治である。それを連れて来るなと言う。

それにもう一つ、いつもと異なることがあった。

「――きょう昼間、羅宇屋の仁左どんがどこへ行ったかを知りたい、と」

との口上が加わっていた。

「――仁左の行き先？　あいつがなにかしたのかい」

「――さあ。理由《わけ》は、あっしも聞いちゃおりやせん」

と、忠吾郎は首をかしげたが、問われた染谷も町人言葉で首をかしげた。

だから忠吾郎は井戸端に仁左たちの声を聞くと縁側に出て、〝ほう。どこへ〟

と、さりげなく問いを入れたのである。そこに仁左は、口ごもって〝神明前〟と応えたのだった。

忠吾郎は、染谷の来たことを秘したわけではないが、敢《あ》えてこの場で話すことはなかった。

三

そうしたことがあった翌朝、といっても陽はかなり高くなり、おもての街道の一日はとっくに始まっている。

寄子宿の路地から、道具箱を背負った羅宇屋の仁左を先頭に、古着をこんもりとかけた天秤棒を担《かつ》いだ伊佐治がつづいて出て来た。担いでいる伊佐治が小柄なので、他の同業よりもいっそう竹馬が歩いているように見える。竹の足は、どこにでも据えて店開きできるようについているのだ。

その竹馬のうしろに、蠟燭の流れ買いのおクマと付木売りのおトラがつながっている。

蠟燭のしずくを買い集め、蠟燭問屋に再生用として買い取ってもらう。一方、火打石で火をつけるとき、燃え移りやすいように薄い鉋《かんな》くずのような木片の先に硫黄《いおう》を塗《ぬ》った付木を使う。いずれも軽くてかさばる品ではなく、若い者は遠慮してこの商いには手を出さず、年寄りの職種となっている。

おクマとおトラは、相州屋が田町四丁目の札ノ辻に人宿の暖簾を出したときから寄子になり、十年を経《へ》るいまなおそのまま住みついている。二人とも、寄子宿の長屋で一部屋ずつもらっていて居心地いいのか、そこを終《つい》の棲家《すみか》にと思っているようだ。

そのようなおクマとおトラを、忠吾郎は重宝している。住まいのない者が奉公先を求め、数日の宿とするのが寄子宿だが、江戸にながれついたばかりの者が寄子になったときなどは、このおクマ婆さんとおトラ婆さんが、お江戸暮らしの厳しさを教え諭《さと》すのである。新参者への、いい指南《しなん》役である。

そればかりではない。二人とも商家だろうが武家屋敷だろうが、勝手口から遠慮なく入って行く商いである。家々の女中や下男たちも相手が婆さんならつい安心し、外には出ないようなうわさ話もするのだ。それが相州屋忠吾郎にはきわめて大事なものになることがよくある。

寄子宿の路地を街道に出ると、向かいはお沙世《さよ》の茶店である。往還《おうかん》にまで縁台がはみ出し、炭袋を満載した大八車《だいはちぐるま》が茶店の前に停まって人足が二人、そこに座って茶をすすっている。品川《しながわ》あたりから来て、ここで小休止しているのだろう。

その横の縁台には忠吾郎が腰を下ろし、鉄製の長煙管《ながぎせる》で煙草《たばこ》をふかしている。札ノ辻の、いつもの風景である。脇差《わきざし》の長さほどもある鉄製の長煙管は、仁左が忠吾郎に頼まれて鍛冶屋《かじや》に特注であつらえさせたものである。ときにはそれが、脇差にも勝《まさ》る武器となる。

街道の縁台に腰を据え、朝から休憩しているのではない。髷《まげ》も着物も乱れ、疲れ切ったようすで街道を歩いている者がよくある。男ばかりとは限らない。若い女もいる。明らかに地方で食いつめ、江戸に出ればなんとかなるだろうとながれて来た者たちだ。

それを札ノ辻で待ち受けて声をかけ、寄子宿に入れて奉公先を見つけてやる。それによって悪の道に走ったり、路上の鉢開《はちひら》きにならず救われた者は数えきれない。

「——その者だけのためではない。世のためだ」

忠吾郎はいつも言っている。

お沙世が盆《ぼん》を小脇《こわき》に縁台の脇に立ち、忠吾郎となにやら言葉を交わしている。そこへ路地から仁左を先頭に四人が出て来た。これもいつものことで、珍しい景色ではない。

「おう。きょうもお沙世ちゃん、朝から元気そうだねえ」

「はい。みなさん方も」

と、仁左が声をかければ、お沙世も明るい声で返す。

だがきょうはそのあと、

「あらあら、みなさん。きょうはおなじ町で商いですか」

お沙世が言葉をつづけた。

四人とも路地から出て来ると、仁左の背でカシャカシャと鳴る音に合わせ、北方向に歩をとったのだ。札ノ辻から街道を北に向かえば、金杉橋、京橋《きょうばし》などを経て日本橋《にほんばし》につながり、南方向なら高輪《たかなわ》の大木戸《おおきど》を経て、東海道最初の宿場となる品川に至る。

おトラが、

「はいな。仁左さんが神明前に行こうって言うから」

「ほう。きのう井戸端で話していた町だな」

忠吾郎がおトラの言ったのへ返した。

仁左はふり返り、

「まあ、どこでもいいんでやすが。あのあたり、けっこういい商い場でやして」

「そういうことでさあ」

伊佐治がつづけ、

――カシャカシャ

四人は人と荷馬の行《ゆ》き交《か》う街道を、羅宇屋の道具箱の音とともに北の金杉橋方向に遠ざかった。

「さあて、俺たちも行くか」

「行商ってのはいいねえ。その日の商いの場を自分たちで決められてよ」

となりの縁台に座っていた大八車の人足が二人、腰を上げた。

「あはは。行商は行商で、あちこちで追い返されたり断られたりで、けっこう苦労もあるんだぜ」

「そう。あのお人たち、あなた方のお仕事、毎日決まっていていいなあなんて思っているかもしれませんよ」

忠吾郎が言ったのへお沙世がつなぎ、

「なにがいいもんかね。毎日毎日おなじ荷運びでよう」

「そうともよ」

言いながら人足は、一人が大八車の轅《くびき》に入り、もう一人がうしろにつき、車輪の音を人の動きのなかに入れた。仁左たちとおなじ北方向に向かった大八車を忠吾郎は目で追い、

「そうそう。きょうの午過《ひるす》ぎ、金杉橋に行くのだが、なにか言付けはあるか。あれば伝えておいてやるぞ」

「あら、また呉服橋の大旦那《おおだんな》ですか」

お沙世は縁台の横に立ったまま返した。

相州屋で金杉橋といえば、小料理屋の浜久を指す。亭主の久吉《ひさきち》はお沙世の兄であり、女将《おかみ》のお甲《こう》は義姉となる。この浜久が実家だが、お沙世は一度は微禄の武家に嫁いだものの、戻って来たためどうも実家に居場所がなく、老いた祖父母が道楽で開いている札ノ辻の茶店を手伝っているのだ。

美形で明るく、離縁された武家にうわなり打ちを仕掛けるほど闊達《かったつ》な性質《たち》で、忠吾郎の〝影走り〟の際にも、なにかと役に立っている。

街道を北に向かい、浜久の前を経て金杉橋を渡れば、街道両脇は浜松町《はままつちょう》と名を変え、枝道を西手に入れば増上寺《ぞうじょうじ》の門前町が広がっている。

増上寺の大門《だいもん》から街道に向かって、広場のような往還が延《の》び、街道と交わって繁華《はんか》な十字路をつくっている。その十字路を過ぎると増上寺とおなじ西手が飯倉《いいぐら》神明宮《しんめいぐう》の門前町となる。この地形から、増上寺と神明宮の門前町は、大門の大通りを挟んで向かい合うかたちになっている。

相州屋で〝金杉橋〟と言えば浜久を指すように、〝呉服橋〟といえば北町奉行所を指した。北町奉行所が、江戸城外濠《そとぼり》の呉服橋御門内にあるからだ。

忠吾郎が北町奉行の榊原忠之の弟であることを、浜久の亭主と女将のお甲は気づいており、お沙世もそれをお甲から聞いている。だが忠吾郎はそれを世間には伏せている。だからお沙世も気を利《き》かせ、仁左と伊佐治が忠之のことを〝呉服橋の大旦那〟と呼んでいるのに合わせているのだ。

「ああ、それで仁左さんたち、きょうは神明前に」

と、お沙世は問いをつづけた。奉行の榊原忠之が相州屋忠吾郎と浜久で膝《ひざ》を交えるとき、いつも奉行には隠密廻り同心の染谷結之助がついており、仁左と伊佐治もよく同座する。

「いや。きょうはわし一人だ。だが仁左たちが神明前なら、用がありゃあすぐ呼べるから心強いわい」

話しているところへ、

「おう。のどが渇《かわ》いてなあ」

と、馬子《まご》が荷馬を縁台の前にとめ、手綱《たづな》を持ったまま腰を下ろした。

「いらっしゃいませ」

お沙世はお茶の用意に奥へ入った。札ノ辻の茶店には、こうした客が多い。

街道を神明前に歩をとりながら、蠟燭の流れ買いのおクマが仁左と伊佐治に話していた。

「近いうちに、また神明前に行こうと思っていたのさ。あそこにはいい商いのできるところがあってねえ」

「ほう。神明宮かい。灯明《とうみょう》をいっぱい灯《とも》しているからなあ」

伊佐治が問いを入れるように言ったのへ、おクマは応えた。

「それもあるけどさあ、百目蠟燭《ひゃくめろうそく》をふんだんに使うところがあるのさ」

「百目をふんだんに？　ひょっとしてそれ、賭場《とば》かい」

伊佐治は返した。むかし取った杵柄《きねづか》である。賭場なら夜っぴて開帳しており、大型の百目蠟燭を部屋の四隅に立てている。

「大きな声じゃ言えないけど、そうさ」

「えっ、賭場？　そこ、俺も引き合わせてくれ」

思わず先頭の仁左が、興味ありげにふり返った。だからといって、仁左が丁《ちょう》半《はん》に興味があるわけではない。賭場なら煙草をくゆらせている者が多かろうと、商いのことを思ったからでもない。

四

午過《ひるす》ぎになった。

取り立てて浜久の兄や義姉への言付けはなかったが、

「それじゃ、ちょいと行って来るよ」

と、出かける忠吾郎の背を、

(呉服橋の大旦那と二人だけで、いったいなんの話?)

お沙世は往還まで出て見送りながら、小首をかしげた。いつもの大店《おおだな》のあるじを思わせる風貌《ふうぼう》で、きちりと締めた帯に鉄製の長煙管を差しているのは異様だが、札ノ辻でも金杉橋でも、それが忠吾郎の普段の姿となっている。

(また影走りかしら?)

自然、思われてくる。

これまで相州屋の影走りには、お沙世も少なからず係り合い、実際に現場まで出向いて仁左や伊佐治と一緒に危ない場面にも遭遇している。

忠吾郎はわざわざお沙世に行き先を話す必要はないのだが、それが金杉橋なら早晩、兄か義姉の口からお沙世に伝わる。きょうのことは仁左と伊佐治には話していないが、これも別に秘密にしているわけではない。忠之がそうしてくれと言っているのだ。内容によっては、今夜にでも二人に話さなければならなくなるかもしれない。

忠吾郎の背を見送りながらお沙世は、

(わたしもきょう、居間に呼ばれないかしら)

と、秘《ひそ》かに期待しながら、

(ひょっとして、あの話かな?)

ふと思った。

一月《ひとつき》ほどまえだった。縁台に座った小間物の行商人から聞いた話である。行商人が女だったことから、しばらくお沙世は世間話などをした。小間物売りは商家の女中や武家屋敷の腰元衆が相手なので、おクマやおトラとおなじで勝手口から入って行く。

「——なんでも最近、武家屋敷ばかりを狙《ねら》う盗賊がいるらしいですよ。それも、千両箱じゃなくって、由緒《ゆいしょ》ある刀や香炉《こうろ》などばかりを狙うって。みょうな盗賊で、おもしろいですよねえ。あたしら町衆には無縁だけど」

女行商人は話していた。いずれかの武家屋敷で腰元か飯炊《めした》き女から聞いたのであろう。

武家屋敷は、奉行所の町方が入らないので、詳《くわ》しいうわさが町場にながれ出ることはない。それに武家屋敷はそれぞれが〝城〟であり、そこへ泥棒に入られるなど恥《はじ》以外のなにものでもない。大名家も旗本家も、大目付や目付に報告してみずから恥をさらすようなことはしない。まして〝武士の魂《たましい》〟である刀を、それも由緒ある品であればなおさらである。だが、香炉や掛《か》け軸《じく》で来客に見せて自慢していたのが不意になくなれば、さまざまな憶測を呼ぶ。

それらが奉公人から他家の奉公人へとながれ、やがて行商人を通じて町場に洩《も》れ出て来る。すでにうわさは、いずれの屋敷が出処《でどころ》かわからなくなっている。

そうしたうわさなら、おクマもおトラも聞きつけていて相州屋の母屋《おもや》の縁側で話したことがあった。仁左と伊佐治もそろい、あるじの忠吾郎も居間から出て来て縁側にあぐらを組んでいた。

外から帰って来た者たちが、町角や屋敷の裏手でその日に聞いたうわさを、井戸端や裏庭の縁側で話すのも、相州屋のいつもの風景である。

おクマとおトラがそれを話したとき、仁左は笑いながら言ったものだった。

「——あははは。そりゃあなんだぜ。部屋住《へやずみ》の次男坊か三男坊が小遣い銭欲しさに家のお宝を持ち出し、それが発覚《ばれ》てお家の不祥事を隠すために、泥棒に盗《と》られたことにしてでんじゃねえのかい」

「——そうそう。家から泥棒を出すより、入られたことにしたほうが恥も少なくてすむからなあ」

伊佐治も同調するようにつないだ。

忠吾郎も、

「——まあ、そんなところだろう」

と、そのときはさして話題にはならなかった。

だがお沙世は、

（旦那が帰って来たら、ここでお茶でも飲んで行ってもらいましょう）

と、その奇妙な盗賊のことを念頭に置いた。

忠吾郎が忠之と浜久で会うのは、いつも午《ひる》をかなり過ぎた八ツ（およそ午後二時）時分と決まっている。このころなら浜久も昼の書き入れ時が終わり、空き部屋ができるからである。

忠吾郎が暖簾をくぐれば女将のお甲も仲居たちも心得ており、一番奥の部屋へ通し、手前の部屋を空き部屋にする。となりに人が入り、ふすま一枚をへだて盗み聞きされるのを防ぐためである。

忠吾郎が部屋に案内されてからすぐ、忠之も浜久の暖簾をくぐった。言ったとおり供は連れておらず、姿は浜久に来るときのいつもの着ながしに大小を帯び、深編笠《ふかあみがさ》をかぶって、一見裕福《ゆうふく》な浪人のように感じられる。深編笠は、これもいつもだが、暖簾をくぐってからとっている。

仲居たちは札ノ辻の相州屋は知っていても、深編笠の武士が北町奉行であることは知らず、

「――いったい、どちらのお方？」

と、そのつど首をひねっていた。それを女将のお甲が、

「――お客さまへの詮索《せんさく》は無用です」

と、注意してからは、疑念を口にする者はいなくなった。それに、お茶と簡単な料理を出してからは、お呼びがかかるまで誰も部屋に近づかないのも、すでに浜久の作法となっている。

奥の部屋で忠吾郎は忠之《ただゆき》を迎えるなり、

「兄者《あにじゃ》、いったいなんの話ですかね。一人で来いとは」

「おう、それじゃ忠次《ただつぐ》。染谷が言っておったろう。仁左のことじゃ」

言いながら忠之は忠吾郎こと弟の忠次と向かい合うようにあぐらを組んだ。

「それなら」

と、忠次こと忠吾郎が応えようとしたところへ、仲居が簡単な膳《ぜん》を運んで来たので会話は中断した。

「では、ごゆるりと」

と、仲居が廊下に出てふすまを閉めるなり、

「では」

「ふむ。聞こう」

と、忠吾郎がひと膝まえに進み出たのへ、忠之は上体を前にかたむけた。

忠吾郎は言った。

「きのう仁左に質《ただ》すと、神明前に行っていた、と」

「なに！　神明前に!?」

忠之は異様な反応を見せ、さらに上体を前にかたむけた。

忠吾郎はつづけた。

「ただし、きのうに限って、いつも一緒の伊佐治とは別行動だったようで」

「どういうことじゃ」

「つまり、仁左の行き先を慥《しか》と証明する者は、おらぬということで。だが、きょうはみんなで神明前に行っておることは確かだ」

「あの二人の、気のいい婆さんたちか」

「そう」

「うーむ」

上体をもとに戻し、腕組をした忠之に、忠吾郎は逆に問いを入れた。

「兄者はなにゆえ、仁左のきのうの行き先を気になさる。神明前になにやら係り合いがあるような」

「そのことじゃが、まず順を追って話そう。実はきのうなあ、若年寄の内藤紀伊守さまに呼ばれたのじゃ」

と、忠之は、きのう内藤信敦から〝これは極秘じゃが〟と前置きされたことから、普請奉行の黒永豪四郎の所業が怪しく、市井で黒永豪四郎とつるんで不正を働いておる者がいないか、それを探索せよと命じられたことまでを詳しく語った。さらに、

「その下知を受けたとき、儂《わし》はすぐに思いあたる節《ふし》があってのう」

「思いあたる節とは、誰か具体的な輩《やから》が？」

「そうなのじゃ。普請奉行と通じていそうな者といえば、ほれ、神明前の」

きょう奉行所から金杉橋に来るときも、神明前の街道を通ったのだ。

「えっ、弥勒屋《みろくや》！　確かにあやつは同業ながら、なにかとうわさのある男じゃが。まさしく黒い霧に包まれているような……」

「そうじゃろ。町場で普請奉行の黒永豪四郎と係《かか》り合《お》うている者を洗い出せとの下知じゃが、それとは別に奉行所でも弥勒屋の胡散臭《うさんくさ》いことは、まえまえからつかんでおったのじゃ。まずそやつから手を入れてみたいと思うてな。したが、なあ、ほれ、神明前といえば、飯倉神明宮の門前じゃろ」

忠之の歯切れが急に悪くなった。門前町は町場で町奉行所の支配だが、その特殊性から、

『じゅうぶんな探索ができぬ』

と、言いたいのだ。

忠吾郎は返した。

「あっ、それで仁左はきのう神明前に行っていた、と……。きょうまた伊佐治と

おクマ、おトラを誘って神明前へ……。しかし、おかしいではないか、兄者。わしは仁左からそのような話、なにも聞いておらんぞ」

「そこじゃよ、忠次」

忠之はふたたび上体を前にかたむけた。

「きのう行っていたというのは、念頭に神明前があったから、訊かれてとっさにそう応えたのじゃろ。じゃが、きょう寄子のみんなを誘って行ったというのは、間違いないだろう」

「うーむ。どうして兄者にそのようなことが言えるのだ」

「そのことなんじゃが、忠次よ。きのう、下城するおりにのう……」

と、忠之は本丸御殿の表玄関前で仁左に似た下級武士を見かけたことを話し、

「それも、目付部屋の出入り口に向かっておってのう」

「それは！　うーむ」

と、こんどは忠吾郎が腕を組んだ。これまで仁左が羅宇屋にしては武術にも〝敵〟と戦うおりの策にも長《た》けていることはもとより、ふと武士言葉になったりすることなどが脳裡《のうり》をよぎったのだ。

「なあ、忠次よ」

「はあ」

忠次こと忠吾郎は、なかば虚《うつ》ろに返事をした。

忠之は話をつづけた。

「黒永豪四郎は旗本ゆえ、その探索は当然、目付の役務になる。内藤紀伊守さまは当然、目付にも下知しておいでのはずじゃ。実際、そう申されておいでじゃった。目付なら、黒永豪四郎が普請の際に、どこの人宿を使っていかように人足を集めているかはすでにつかんでいよう」

「それが神明前の弥勒屋？」

「さよう。それはもう徒目付に伝えられていよう」

「まだ、意味がよう解りませぬが」

「つまりじゃ、ことは極秘ゆえのう。儂《わし》はこの役務を、隠密廻り同心の染谷結之助に託《たく》すつもりじゃ。そこで神明前の土地柄、おまえの手を借りたいと思うておるのじゃ」

「むろん、それは承知。なれど、さきほどの話……」

「それよ。この役務を仰《おお》せつかった目付は青山欽之庄《あおやまきんのしょう》という旗本でな、相当なやり手で評判もいい御仁じゃ。それぞれの目付の配下には幾人かの徒目付がいてのう。とくに青山は徒目付を常時、町場に放って、事あればそこから武家地に探りを入れていると聞いておる」

「それが、つまり……えっ、やはり……」

「さよう。染谷結之助が遊び人を扮《こしら》え、岡っ引の玄八《げんぱち》がそば屋の屋台を担いでいるようになあ」

「兄者」

忠吾郎は腕組を解き、忠之を見つめた。

忠之はその視線に応えた。

「どうだ。きょうにでも仁左に質《ただ》してみぬか」

「いいや、質しませぬ」

忠次こと相州屋忠吾郎は即座に返し、

「わしにとっての仁左は、あくまで相州屋の寄子であり、羅宇屋でありまする。伊佐治とおなじようになあ。そうであったからこそこれまで、町場で武家のからむさまざまな悪事を暴《あば》き、成敗《せいばい》することもできたのですぞ。それは兄者もよう知っておいでのはず」

「そのとおりじゃ。知っておる」

「だから、これからも、そうしとうござる。仁左のほうから話さぬ限りは」

忠吾郎はいくらか武家言葉になった。忠吾郎もこれまで仁左に対し、

（——この者はいったい）

と、幾度か首をひねったことがあるのだ。

忠之はしばし、

「うーむむむ」

考えこみ、返した。

「それでよかろう。奉行所の同心と、お城の徒目付が現場で鉢合わせになれば、なにぶん支配違いゆえのう。若年寄さまはそこを心配なされ、そのときは〝うまく計らえ〟などと言っておいでじゃった。したが、仁左が相州屋の寄子なら、さような心配はいらぬ」

「ふふふ。心配どころか、逆に端《はな》から合力《ごうりき》できますわい」

「ふむ。ともかく、期待しておるぞ。若年寄さまが極秘とおっしゃるからには、目付もおそらく目立たぬよう、徒目付の誰か優《すぐ》れた一人をこれにあてるはずじゃ。というより、すでにあてておるようじゃのう。ふーむ、仁左が寄子仲間を誘って、すでに神明前に入っておるか。ふふふふ」

鳩首《きゆうしゆ》する二人に微笑《えみ》が洩れたものの、すぐに引き締まった表情に戻った。

五

浜久での鳩首が、江戸城本丸御殿の表玄関前で、忠之が羅宇屋の仁左に似た武士を見かけたという話に入った時分だった。

神明前の町場を、カシャカシャとながしていた仁左がおクマを見つけ、

「おう。そろそろじゃねえかい」

声をかけたのへ、

「そうだねえ。行ってみようかねえ」

と、おクマは腰を両手で支え、ぎこちなく伸びをした。

まだ陽が東の空にあるころ、それぞれ商いの異なる四人がそろって街道から神明前の町場に入るなり、仁左は蠟燭の流れ買いのおクマに、

「――さあ、案内してもらおうか。その賭場ってどこだい」

「――なに言ってんだね。夜っぴて火を灯していりゃあ、いまごろみんな白川夜船《しらかわよふね》さ。お天道さまが西の空に入ったころが、あの人たちの朝さね」

「——違《ちげ》えねえ。仁左どん、まあそのあたりをながしてからにしねえ。おっと俺はこのあたりに店開きさせてもらわあ」

伊佐治が二人のやりとりに喙《くち》を容《い》れると、竹馬の天秤棒を肩から外した。

街道と増上寺大門の大通りが交差する繁華な十字路を過ぎ、街道の両脇が浜松町から神明町《しんめいちょう》と名を変えたところに、もうひと筋繁華な枝道が西手に延び、一丁半（およそ百六十米《メートル》）ほどつづくにぎやかな先に、鳥居《とりい》と石段が見える。飯倉神明宮である。その一丁半の門前通りの両脇に神明町だけでなく、七軒町《しちけんちょう》や門前町《もんぜんちょう》といった町名がつながっている。増上寺の広大な門前にくらべて小ぢんまりしており、近辺の人々はそれらをまとめて神明前と呼んでいる。

街道からその神明前の通りに入ったところで、伊佐治は古着を盛った竹馬を据えたのだ。

「——それじゃおクマさんにおトラさん。午過《ひるす》ぎにまた、ここへ戻って来てくんねえ」

と、仁左はふたたび鳥居のほうへ向かって背の道具箱に音を立てた。

おクマとおトラも、

「——それじゃわたしらも」

と、そのあとにつづいた。近くの脇道から順に入り、裏手の勝手口にそれぞれの商いの声をかけて行くのだ。

仁左は別段、おクマとおトラに、

『――弥勒屋のうわさを集めてくれ』

と、まだ頼んでいない。自分自身もきょうは積極的に訊かず、まず賭場の存在を確認してから、本格的な聞き込みに入る算段でいる。

午過ぎ、裏通りでおクマがカシャカシャの音を聞きつけ、伊佐治の竹馬のところへ戻ることなく、

「さあ、どこだい」

と、その場から賭場に行くことになった。おトラも付木売りで近くをまわっていることだろう。

「ここさね」

と、おクマが足をとめたのは神明町で、なんと仁左も知っている、あの小奇麗《こぎれい》な木賃宿《きちんやど》の裏手である。

(ほう、こんなところかい)

と、その木賃宿の玄関前を通り過ぎた。屋号を示す看板も軒提灯《のきちょうちん》もない、小奇麗だが得体の知れない宿屋である。

ほんの一月《ひとつき》ばかりまえだった。隠密廻り同心の染谷結之助らと合力し、忠吾郎までが高輪の大木戸に出張《でば》り、上方《かみがた》からながれて来た凶賊蓑虫《みのむし》一味を殲滅《せんめつ》したとき、二人を生け捕りにし、奉行所はそやつらを品川鈴ケ森《すずがもり》の刑場で獄門《ごくもん》にした。そのうちの一人、左平次《さへいじ》なる者が足溜《あしだま》りにしていた木賃宿である。

その裏手である。ほとんど木賃宿と背中合わせで一膳飯屋《いちぜんめしや》があり、暖簾には地味な灰色地に〝いちぜんめし〟とのみ白抜きで染めこまれ、屋号はない。その暖簾をおクマは仁左をうながし、くぐった。

中に入ると、神明宮の参詣客や行楽客とは思えない身なりの客が三、四人、縁台に座って味噌汁《みそしる》をすすったり、めしをかきこんだりしている。

「これはろうそく買いの人。あらら、きょうは羅宇屋さんと一緒？　ちょうどいい。最近ほとんど毎日だから、きのうのも合わせ、かなりたまっていると思う。奥へ行ってみなさいな」

「はいはい、いつもお世話になります」

お運びの年増の女が愛想《あいそ》よく言い、奥に入ると古びた座敷がふた部屋あり、ひと目で賭場とわかる。門前町で奉行所が手を入れにくいからと見くびっているのか、盆茣蓙《ぼんござ》がそのままにしてあり、四隅に火の消えた百目蠟燭がもの憂《う》げに立っている。いずれの蠟燭も数日分のしずくがこびりつき、燭台はおクマが大喜びしそうにこんもりとかたまりを盛り上げている。

(だらしのねえ、不用心な賭場だなあ)

仁左は感じた。

ふすまを開け放したままのとなりの部屋には、若い衆が三人ほど、だらしなく寝そべっていた。その一人が頭をもたげ、

「なんでえ、びっくりしたぜ。ろうそくの婆さんじゃねえかい。ついでにろうそくの掃除もしておいてくんねえ」

もう一人が上体を起こし、

「おっ、そっちは羅宇屋かい。ちょうどいいや。ちょいと脂取《やにと》りでもしてもらおうかい」

と、おクマと一緒だったせいもあろうか、初対面の仁左になんの警戒心も示さない。

(ますます不用心だぜ)

仁左は思いながら、愛想笑いをして言った。

「へえ、お初にお目にかかりやす。ここならそのうち羅宇竹《らうだけ》を新調していただけると思い、きょうは兄さん方の煙管《きせる》、タダで脂取りさせてもらいまさあ」

と、その効果はあった。

煙管の脂取りをしながら、この賭場の貸元は神明前を仕切っている店頭《たながしら》で、しかも増上寺門前のように町ごとに立っているのではなく、神明前をひっくるめて店頭が一人しかいないことも聞き出せた。

「だからここは安心して、お客さんに遊んで行ってもらえるのよ」

と、若い衆たちは胸を張った。

こうしたとき、仁左は聞き上手だった。自分から問いを入れない。対手《あいて》の話にしきりと感心してみせるのだ。すると対手は得意になって冗舌《じょうぜつ》になる。

若い衆たちは自慢した。

背中合わせの木賃宿も亭主はおなじ店頭で、

「木賃宿からもめし屋からも、何喰わぬ顔で賭場に入《へえ》れてよ、なかにはめしのついでに奥へ入り、そのまま泊まっていくお客もいるぜ」

なるほど、いい隠れ蓑《みの》の構造になっている。

さらに若い衆の一人が言った。

「おめえ、羅宇屋にしておくのはもったいねえような面構《つらがま》えだ。どうでえ、今夜もご開帳《かいちょう》があらあ。遊びに来ねえかい」

「だめですよう、仁さん。賭場《ここ》は商いだけで、遊んだりしちゃあ」

蠟燭にこびりついているしずくを竹のへらで削《そ》ぎ落としながら、おクマが言った。若い衆に言われたとおり、蠟燭の掃除までしているのだ。

「まあ、考えとかあ。遅くなっても泊まれるんなら」

仁左はどっちつかずの返答をした。だが、心中は決していた。

（今宵《こよい》、伊佐どんと一緒に）

伊佐治は元やくざで、博奕《ばくち》はお手のものである。だから伊佐治が寄子になるとき、忠吾郎が手慰《てなぐさ》みを禁じ、それを伊佐治は殊勝《しゆしよう》に守っているのを仁左は知っている。しかし、賭場に探りを入れるのに、伊佐治ほど心強い相棒はない。

若い衆は、賭場の貸元で神明前を仕切っている店頭の名までは言わなかった。

仁左も怪しまれないように、敢えて訊かなかった。だが、

（神明前のすべてを仕切っている、なかなかおもしろそうな奴）

と、興味を持ち、

（まず、そやつの身辺から、きのう城中で目付の青山さまから聞かされた神明前の人宿・弥勒屋へのとっかかりが得られぬか試してみよう）

と、算段をつけたのである。

仁左が神明前の昼間の賭場で、心中秘かに策をめぐらせているとき、さほど離れていない金杉橋の浜久で、榊原忠之と忠吾郎旦那が鳩首し、そこに人宿・弥勒屋の話が出ていることなど、まだ知る由《よし》もなかった。

忠吾郎も、仁左が神明前に探りを入れようとしていることに気づいているが、どこまで神明前に喰いこみ、いかなる算段を立てたかまでは知らない。ただ、忠之との談合のなかに、

（今宵、仁左と伊佐治を居間に呼ばなきゃならぬ）

と、脳裡にめぐらせていた。

六

陽はかたむいているが、まだ夕刻に近いとは言えない。

「きょうはまだ早《はえ》えが、このくらいにするか」

仁左が言ったのへ伊佐治は応じ、おクマとおトラもその気になり、来たときとおなじように、四人そろって帰途についた。

伊佐治は二度ほど竹馬を据える場所を変えてけっこう商いができ、おクマは賭場でかなりの蠟が集まり、おトラも飲食の店の多い地域なので、付木の売れ行きはよかった。仁左は商いの場として神明前に来たのではないが、収穫はあった。

(伊佐どんに話し、今宵、もう一度ここへ)

意を決している。

金杉橋を渡り、歩が神明宮と増上寺の界隈《かいわい》を離れると、道具箱を背負った仁左は竹馬の天秤棒を担いだ伊佐治の横にならび、語りかけた。

「きょう昼間に行った賭場よ。おもしろそうだから、今宵行こうと思ってよ。どうだい、一緒に」

「えっ。仁左どんがそんなのに興味を持ってるたあ知らなんだぜ」

伊佐治は驚いたように返し、

「無理だ。親分じゃねえ、旦那から、相州屋の寄子である以上、博奕はいかんぞと封じられているのよ」

「だからよ、一度、寄子宿に帰《けえ》ってから、それでそっと」

「えっ、抜け出すってのかい」

伊佐治は興味を示した。

二人のすぐうしろにはおクマとおトラがつづいている。仁左の道具箱からカシャカシャと鳴る音と、街道を行き交う大八車や往来人の下駄《げた》の音に、前を行く仁左と伊佐治の会話は聞こえない。だが二人の背中の雰囲気《ふんいき》から、話している内容がわかるのか、

「あれえ、仁さん、だめですよう。伊佐さんをきょう昼間行ったところへ誘ったりしちゃあ」

おクマが声をかけたのへ仁左はふり返り、

「あはは、商いの算段さ」

「そう、商いの」

伊佐治があとをつないだ。いくらかその気になっているようだ。

四人の足は札ノ辻に入った。陽が西の空にかなりかたむき、きょうの仕事はきょう中にと、そろそろ街道は夕刻の慌ただしさを見せはじめている。お沙世が前掛姿で空の盆を小脇に、路上にまで出した縁台の横に立っている。

「あーら、きょうはほんと朝から珍しい。帰って来るのまで四人一緒とは」

「あしたもそのつもり」

いくらか羨《うらや》ましそうに声をかけたのへおトラが返し、お沙世はさらに言った。

「きょう、向こうで旦那に会わなかった？　午過《ひるす》ぎに金杉橋に行かれたけど」

「えっ、一人で」

「そうだったみたい」

寄子宿の路地へ入ろうとしていた仁左が足をとめて街道越しに問い、さらに詳しく訊こうと踏み出し、

「おっと」

かけ声とともに近づいた町駕籠《まちかご》を避け、茶店の縁台に歩み寄った。

路地に一歩入った伊佐治がふり返り、

「おう、どうしたい。さきに帰《けえ》ってるぜ」

「そう。わたしらも」

と、おクマとおトラもそれにつづいた。

茶店の縁台に客はいなかった。

仁左は立ったまま、

「お沙世ちゃん。だったって、旦那はもう帰っていなさるのかい」

問いを入れた。

(北町奉行所のお奉行が相州屋の旦那に、なにか依頼されたか。もしや、同じ弥勒屋の……)

お沙世がなにか聞いていないか、気になったのだ。

「ええ、もうとっくに」

お沙世は応え、

「あ、またですね。すこし休んで行かれたら」

縁台の前を通りかかった男たちに声をかけた。三人連れで、一人は角帯をきちりと締めたお店者《たなもの》風で、それに連れられた二人はほんの一月《ひとつき》ほどまえ、街道でなかば行き倒れになってお沙世に助けられ、相州屋の寄子になって奉公先を世話してもらった松太《まった》と杉太《すぎた》に似た、まだあどけなさの残っている若者だった。

顔が似ているのではない。身なりだ。破れの目立つよれよれの着物に髷は崩《くず》れてざんばらになり、手足はむろん、はだけて見える首筋から胸のあたりは垢《あか》まみれで黒ずんでいる。いずれかの在所で喰えなくなり、江戸へながれて来た若い無宿者のようだ。

ならばこの身なりの整ったお店者風は、

（相州屋の同業？）

仁左は感じた。

そのとおりだった。

「さあ二人とも。あとすこしだが、ここでちょいと休ませてもらいましょう」

「へえ」

お店者風が言って縁台に腰を下ろしたのへ、二人の無宿者もつづいた。街道の慌ただしくなりかけた人の動きを、不安そうに見ている。この若者たちだけなら、お沙世がすぐさま向かいの相州屋に飛びこんで忠吾郎に預けるところだろう。だがすでに同業がついているとなれば、それはできない。

仁左は横の縁台に道具箱を降ろして腰を据え、三人を観察することにした。お店者風はいずれかの人宿の番頭か手代であろう。その者に、なにやら胡散臭《うさんくさ》いものを感じたのだ。お店者風はとなりの縁台に座った職人風の仁左に、まったく関心を寄せることなく、

「さあ、おまえたち。なにも心配することはない。向こうに着けば、寝床も着るものもそろっており、奉公先もすぐに見つかるから」

などと言っている。相州屋とはまるで異なる。相州屋では、

『江戸はおまえたちが思っているほど、甘い所ではないぞ』

と、説教から始まり、奉公先が見つかるまで、おクマとおトラが日々の厳しさを話しながら面倒をみている。

だが同業らしい男は、まったく甘言を弄《ろう》している。

茶の用意に奥へ入ったお沙世が出て来た。

湯飲みを縁台に置きながらお店者風に、

「ご熱心でございますねえ。きょうも高輪の大木戸のあたりまでですか」

「ああ、すこしでも困っている人を助けられないかと思ってね」

お店者風は、やわらかい口調で返した。若者二人は地獄で仏《ほとけ》に出会ったように、うなずきを入れている。

お沙世はそのお店者風を、言葉どおり仕事熱心で親切な人とみているようだ。

お店者風は茶を干すと二人をうながし、腰を上げた。

「しっかりね」

お沙世は、お店者風に拾われた若者たちの背に声をかけた。若者二人はふり返り、垢にまみれた顔をほころばせた。江戸で最初に親切な人に出会い、安心しきった表情だった。

仁左はとなりの縁台に座ったまま、遠ざかる三人の背を見つめて首をかしげ、お沙世に問いを入れた。

「あの番頭か手代みてえの、何者でえ。さっき、お沙世ちゃん〝きょうも高輪の大木戸あたり〟って言ってたが、まえにも来たことあるのかい」

「ええ、十日ほどまえ」

お沙世は返し、仁左の問いに応えた。

やはりお店者風は人宿の番頭で、十日ほどまえには三人も連れていたという。茶店の縁台で小休止したので、お沙世は相州屋の同業とみて親しく話しかけた。はたしてお店者はそうだと応え、これまで中山道《なかせんどう》の板橋宿《いたばししゅく》、奥州《おうしゅう》街道の千住《せんじゅ》宿《しゅく》、甲州《こうしゅう》街道の内藤新宿《ないとうしんじゅく》にまで出張り、

「――若くて無宿者になりそうなのに声をかけ」

奉公先を世話してきたらしい。

東海道は一月《ひとつき》ほどまえからで、江戸府内への出入り口となる高輪の大木戸で待ちかまえ、それらしいのに声をかけているという。うまくそれらしいのを見つけたのは、きょうが二度目で、

「――札ノ辻が、高輪と手前どもの商舗《みせ》のなかほどにあたるので、ちょいと休ま

せてもらったのさ」

　そのとき、番頭はお沙世に言ったという。お沙世は、敢えて商舗や番頭の名は訊かなかった。料理屋や茶店などは、お客のことをあれこれ訊くものでないことを、お沙世は心得ているのだ。だが、相州屋と同業ということで気になり、場所は訊いた。

「――なあに、金杉橋のちょいと向こうですよ」

　番頭は応えたそうな。増上寺門前か神明宮門前かもしれない。

　もちろん、お沙世は忠吾郎に話した。

「――あははは、そんなことをしたら、寄子宿がたちまち一杯になってしまい、それにまともな奉公先など、そう簡単に世話できるものではない」

　と、忠吾郎は一笑に付したという。

　仁左は忠吾郎からその話は聞いたことがなく、話題にもならなかった。街道のながれに目をやり、あらためて首をかしげ、

「おっといけねえ。みんな、もう長屋に戻ってひと息ついているだろう。すまねえ、お茶、ごちになっちまって」

　空になった湯飲みを縁台に置いて腰を上げ、道具箱を小脇にかかえ、慌ただし

くなった街道を横切った。

裏庭の井戸端には、もう誰もいなかった。

(さあ、もう一度、伊佐どんを口説《くど》かなきゃあ)

思いながら釣瓶《つるべ》に手をかけた。

「仁左どん、遅かったじゃねえか。お沙世ちゃんとなに話してたんだい」

背後から伊佐治の声がした。ふり返ると母屋の居間の縁側に腰かけ、そこに忠吾郎も出て来てあぐらを組んでいる。足を洗い、おクマたちと一緒に寄子宿の長屋に戻ろうとすると、縁側に忠吾郎が出て来たのだ。

「俺たちに、旦那から話があるそうだ」

伊佐治の言葉に、忠吾郎は笑顔でうなずきを見せた。おクマとおトラは、もう長屋に戻ったようだ。

「ちょいとおもてで、みょうな者《の》を見かけたもんで。へい、すぐに」

仁左は急いで釣瓶を持った手を動かし、足に水をかけた。

「話ってなんですかい」

と、縁側に腰かけ手拭で足を拭き、居間に上がった。

さっき仁左が言った〝みょうな者〟については、忠吾郎も伊佐治も問わず、話題にもならなかった。よほど大事な話を、忠吾郎は用意しているようだ。仁左もそのほうに興味を持ち、さきほどのお店者風はしばし脳裡の隅に置いた。

居間に三ツ鼎《みがなえ》の座ができると、

「きょう昼間、おめえらが神明前で商っているときだ。わしは浜久で呉服橋と会っておってなあ」

「えっ」

忠吾郎が切り出したのへ伊佐治が思わず声を上げた。

なるほど、忠吾郎旦那が北町奉行と二人だけで会っていたとは、仁左だけでなく伊佐治も気になる。

「きょうおめえらが行った神明前に、弥勒屋という、もったいぶった名の同業が暖簾を張っているのを知っているかい」

言うと忠吾郎は反応を探るように、達磨《だるま》顔の大きな目を仁左のほうへちらと向けた。反応はあった。仁左は視線をそらせたのだ。単にそらせただけではない。

それはなにやらを、考えこむような挙措《きょそ》に見えた。

（やはり）

忠吾郎は確信を持った。だが忠之に言ったとおり、それをこの場で質すことはなかった。実際、仁左は考えこんだ。というより、忠吾郎と北町奉行との談合に〝弥勒屋〟が俎上《そじょう》に載せられたであろうことに、仁左もまた〝やはり〟と、感じ取ったのだ。

伊佐治が返した。

「弥勒屋？　相州屋とおなじ人宿《こ　こ》ですかい。仁左どん、知ってるかい」

「う、うん。名だけなら」

仁左は返し、

「旦那、さきをつづけてくだせえ」

思案顔のまま、視線を忠吾郎に釘づけた。

忠吾郎は語った。

「その弥勒屋がお城の普請奉行とつるんで、なにやらよからぬことをしているらしい。それをきょう、ほれ、おめえたちが大旦那などと称《よ》んでいる呉服橋の御仁《ごじん》なあ。そこから頼まれたのよ。洗ってくれと」

「やはり」

と、こんどは口に出した。仁左である。探索が町場であれば、町奉行所が係り合うことはもとより承知している。

町場の中でも神明前は飯倉神明宮の門前町であることから、北町奉行の榊原忠之が相州屋に合力を持ちかけて来たと解した。そのとおりである。

「だがな」

忠吾郎はつづけた。

「弥勒屋についちゃ呉服橋に言われなくても、同業として以前から気になってお
ってなあ。あるじは勝太夫《かったゆう》などと、みょうな名乗りの男だ。いずれ行状を糺《ただ》し、場合によっては鉄槌《てっつい》も必要になろうかと思っていたのだ」

「なにゆえ」

つい仁左は武士言葉で問い返してハッとし、

「どうしてですかい」

すぐ言いなおした。忠吾郎は気づいたが、敢えてなにも感じなかったように、

「やつはわしと同業だが、あの一帯の商家は、奉公人が欲しくても弥勒屋には頼まねえ。おかげで相州屋《うち》は助かってるがな」

「お手当以外に、うわまえでもはねているのですかい」

問いは伊佐治だった。

「そんな生易《なまやさ》しいもんじゃねえ」

　忠吾郎は応えた。

「神明前の飲み食いの店の奉公人はすべて弥勒屋の息がかかっておってなあ。女郎屋もやっており、そこの妓《おんな》も……」

「弥勒屋をとおしてですかい」

　また伊佐治が問いを入れた。

「それだけじゃねえ。人宿の看板の裏で、店頭までやってやがる、大《てえ》した野郎だ。賭場まで開帳し、木賃宿も幾軒か持っていて、そこが寄子宿になっているらしいのよ」

「えぇえ！」

　と、これには仁左が声を上げ、

「旦那、おクマ婆さんの案内で、きょうそれらしいところへ行きやしたぜ」

　と、一膳飯屋から入る賭場の話をし、

「ほんの好奇心からでやすが」

　と、前置きし、今宵、伊佐治を誘って、

「ちょいとのぞいてみようか、と」

「ふむ」

忠吾郎はうなずき、

「伊佐治、どうだ、行ってみるか。丁半は久しぶりだろう」

「えっ、親分。いいんですかい」

こんどは〝旦那〟と呼びなおさなかった。やはり影走りのため小田原《おだわら》の一家から呼び寄せられたとき、忠吾郎から博奕はきつくご法度《はっと》にされていたようだ。上体を前にかたむけ、うかがうように忠吾郎を見つめる目が輝いていた。

話は決まった。だが、遊びに行くのではない。

さらに仁左は、さきほどお沙世から聞いた、いずれかの人宿の一件を語った。

「そうか、おなじ番頭らしいのが二度も……、うーむ」

忠吾郎は考えこむ仕草を見せ、旦那は関心を示さなかったと言ったお沙世と、逆の反応を見せた。

「気にはなっておった。仁左どん、その者の顔は見たか」

「もちろん」

「臭《にお》うぞ。今宵、神明前の賭場に行ったおり、そやつがいるかどうか気を配れ。できれば、その若い二人もなあ」

「むろん、そうしやすが旦那。お沙世ちゃんが、まえに旦那に話したとき、軽くあしらわれたようなことを言っておりやしたが」

「ふふふ。最初に聞いたときから、気にはなっておったのだ。それが弥勒屋の番頭なら、この東海道筋まで出張って来たことになる。お沙世にそれを話せば、あの気質だ。頼まれなくても見張り役を買って出るだろ。向こうでもそれなりに気を配っているだろうから、この相州屋が気にかけていると勘《かん》づかれりゃ、来たるべき探索のときに都合が悪かろうと思うてなあ」

「そういう深慮《しんりょ》がおありだったのでしたかい。さすがは旦那だあ」

仁左が感心したのへ忠吾郎は返した。

「やつが二度もつづけて向かいの茶店に腰を下ろしたのも、同業の相州屋《こちら》の反応をみるためだったかもしれねえ。もう遠慮はいらねえ。わしからあしたお沙世に言っておこう」

「それよりも親分、ほれ、外はもう陽も落ちて暗《くろ》うなりかけておりやすぜ」

伊佐治が早く神明前に行きたいのか喙《くち》を容《い》れた。忠吾郎の許しが出たので、さっきからうずうずしているようだ。

「伊佐治よ。遊びじゃねえんだぜ、あははは。仁左どんとうまく使いねえ」

「わかってまさぁ。あっこれは、親分」

紙入れごと忠吾郎が伊佐治に軍資金を渡したのへ、二人は恐縮の態《てい》になった。

腰を上げた二人に、忠吾郎はさらに言った。

「おクマ婆さんとおトラ婆さんにも、わしからさりげなく話しておこう。神明前の同業が気になるので、弥勒屋のうわさを聞いたらなんでもいいから知らせてくれと。ただし、自分からは訊くな、と。二人に危害がおよんじゃまずいからなあ」

「あっしもそう思いやす」

仁左は応えた。

さらに忠吾郎は伊佐治へ、念を押すように言った。

「わかっているだろうな」

「へえ、それはもちろん。賭場に行くんでやすから」

伊佐治は応えていた。

七

伊佐治は暗くなりかけていると言ったが、まだ提灯に火を入れるほどではなかった。二人は無地の提灯を折りたたんでふところに入れている。どちらも袷《あわせ》の着物に帯をきちりと締め、寒さ除《よ》けに半纏《はんてん》を着けた。提灯とおなじで、屋号などは染めこまれていない。

人の往来がまばらになった街道を、二人は昼間往復した神明前に急ぎ足になった。

「ふふふ、久しぶりでわくわくすらあ」

「よろしく頼むぜ。俺は素人《しろうと》だからよう」

二人は歩を進めながら話し、小柄な伊佐治はよほど気が急《せ》くのか、

「ええい、めんどうだ」

と、着物を尻端折《しりっぱしょり》にした。

足が神明前に入ったころは、もうすっかり暗くなり、二人とも提灯に火を入れていた。

やはり門前町である。閑散《かんさん》とした門前の表通りから一歩脇道に入れば、ざわめきがあり火の入った軒提灯があちこちに下がっている。門前町は陽が落ちると、参詣客《さんけい》でにぎわう昼間とは一変する。脂粉《しふん》の香がただよい、妓《おんな》の嬌声が聞こえる路地もある。なるほど、お上の手が入らないだけのことはある。

みょうなことに感心しながら、

「こっちだ」

と、仁左が歩を進めたのは、ざわめきのない脇道だった。さっき抜けた脇道からは取り残されたような、暖簾の内側にかすかな灯りが看《み》て取れるだけの店構えだ。昼間おクマに案内された一膳飯屋である。

入った。

店場にわずかな灯りがあり、縁台に若い男が二人座っていた。客でないことはひと目でわかる。仁左と伊佐治を迎えるように、もそりと腰を上げた。昼間、奥の賭場で寝そべっていた若い衆たちだった。仁左が提灯を自分の顔に近づけ、

「よう、兄さん方。今度は客だ。遊ばせてもらいやすぜ」

「おっ、これは昼間の羅宇屋さんかい。ほんとうに来てくれたんで。それもお仲間まで連れて」

一人が愛想よく迎え、もう一人が、

「へへ、すまねえ。決まりなもんで」

と、仁左と伊佐治のふところのあたりに目をやった。

伊佐治が弾《はず》んだ口調で言った。

「心得ていまさあ。今宵は存分に遊ばせてもらうんでやすからねえ」

「おっ。こちらの兄さん、慣れていなさるようで」

「そりゃあまあ」

伊佐治はさらにわくわくしたように返した。

若い衆は、客の二人がふところに刃物などを忍ばせていないか確認していたのだ。野博打《のばくち》はともかく、屋内でしかも常設のように開帳している賭場は、刃物は身に帯びないのが作法になっている。

相州屋を出るとき、忠吾郎が伊佐治に〝わかっているだろうな〟と念を押したのは、このことだった。ふところに匕首《あいくち》などを呑《の》んでおれば、賭場の若い衆から終始、胡散臭いやつと目をつけられることになる。だから伊佐治は、得意の手裏《しゅり》剣《けん》も忍ばせなかった。もちろん仁左も伊佐治から言われ、寸鉄も身に帯びていない。探りを入れるには、ちょいと遊び心があるだけの、まったくの町衆でなければばならないのだ。

「あははは、兄さん。けっこう遊んでおいでのようで」

「いやあ、ほんのちょいとだけ、好きなほうでやして」

若い衆の一人が言ったのへ伊佐治は返した。

「そのように見えますさあ。さあ、どうぞ」

若い衆は返し、二人を奥へ案内した。昼間、仁左がおクマと入った部屋である。伊佐治は低声《こごえ》で仁左に言った。

「すまねえ。ついその気になっちまって」

仁左はかすかにうなずいた。二人ともあくまで素人の町衆なのだ。

部屋はすでに昼間の気《け》だるさを吹き飛ばし、おなじところとは思えないほど熱気に満ちていた。部屋の四隅に百目蠟燭が炎を上げ、蠟がつぎからつぎへとしたたり落ちている。あしたおクマがまた来ても、けっこうな実入りがありそうだ。おそらく幾人もの同業の婆さんたちが出入りしていることだろう。

盆茣蓙から上がる声がまた、伊佐治にはたまらない。

賽《さい》が壺《つぼ》の中で踊る。

それを伏せる音に壺振りの、

が上がる。

「五・二《に》の半」
「四《し》・六《ろく》の丁」

緊張のなかに莫蓙へ伏せた盆が開くたびに、客たちの悲喜こもごものどよめき

「さあ、こちらへ」

二人は若い衆にうながされ、そのなかに加わった。

仁左はすぐに気づいた。斜《なな》め向かいに陣取り、夢中になって駒《こま》を張っている若い二人。きょう夕刻近く、お沙世の茶店の縁台に座った、まだ童顔の残る二人ではないか。湯に入って着替えをさせてもらったか、さっぱりしたようすで髷も結いなおしている。

（どうしたことだ、これは）

思いながら仁左はその二人と目を合わさないように気をつけた。職人姿からお店者風に着替えている仁左に、二人は気づいていない。

まだあった。開け放したふすまの向こうの部屋で、長火鉢を灰皿代わりに、あぐらを組んで煙草をくゆらせている、目つきが鋭く押し出しの利きそうな面構えの男……忠吾郎は、弥勒屋が賭場も開帳していると言っていた。

（すると、あの野郎が弥勒屋勝太夫か）

仁左が気づいたのはそれだけではない。勝太夫らしき男の横に座っている男、仁左がお沙世の茶店で気にとめた、

（あのお店者風）

ではないか。賭場で親分の横に座れる男といえば、代貸《だいがし》格である。お沙世はいずれかの人宿の番頭か手代と言っていたが、これはどうしたことか。そのお店者風も、お沙世の茶店で職人姿の仁左をまったく気にとめておらず、しかも衣装を変えた仁左に気づいていないようだ。

仁左はそやつらに気づかれないよう賭場の客になりきり、伊佐治の張るとおりに駒を張っていった。

それの進み具合である。小口を張ったときには負け、駒を高く積み上げて賭けたときには勝った。判で捺《お》したようにそうなるのではなく、おおむねそうなのだ。

さっきから見ていると、斜め向かいの童顔の二人もおなじように展開し、膝の前の駒が増えつづけていた。その二人はますます博奕の緊張感に包まれていくように見えた。

気の利いた賭場は、初めての客には適宜《てきぎ》に勝たせて喜ばせ、常連になってから喰い潰《つぶ》す……、仁左は聞いたことがある。

（それがこれか）

思ったが、それをやるには腕利きの壺振りがいるか、いかさまを仕掛ける以外にない。素人にそれは見分けられない。

仁左は伊佐治に訊こうと横顔に目をやった。訊ける状態ではなかった。ひたいに汗をかき、賽の目に打込んでいるのだ。それに、この場で訊けるようなことではない。そのまま伊佐治の賭けるように駒を張りつづけた。膝の前の駒が、減る以上に増えていく。

一刻（およそ二時間）ばかりを経た。駒は増え、忠吾郎にもらった軍資金の三、四倍ほどの勝ちとなっている。

伊佐治がそっと顔を近づけ、

「そろそろ引き揚げやすかい」

低く声をかけてきた。博奕に我を失っていたわけではなかった。周囲の偵察を仁左に任せ、帰る頃合を見計らっていたのだ。

「ふむ」

仁左はうなずき、二人は腰を上げた。斜め前の童顔二人は、まだ張りつづけている。もう完全にのめりこみ、我を失っているようだ。それが不思議ではない雰囲気が、賭場にはある。

勝太夫と思われる男とあのお店者風が陣取っている長火鉢の横に、銭箱《ぜにばこ》を前に若い衆が二人、端座《たんざ》の姿勢で座っている。そこで駒を換金するのだ。

「おや、もうお帰りですかい」

非難じみた口調で若い衆が言う。

手慣れた伊佐治がすかさず返した。

「すまねえ。あしたの仕事に障《さわ》りがねえようにと思いやしてね。これでみなさん、一杯《いっぺえ》やっておくんなせえ」

換金したばかりの小判一枚に一分金や二朱金を幾枚か、銭箱の上へ音を立てて置いた。腕のいい職人の一月《ひとつき》分の稼《かせ》ぎを超える額である。その気風《きっぷ》のよさに仁左は驚いた。初めて見る小柄な伊佐治の一面である。これなら身の軽さや手裏剣の腕だけでなく、

（忠吾郎旦那がわざわざ、小田原から呼びなすった価値はあらあ）

思いながら伊佐治に倣《なら》った。

「こいつはどうも」

若い衆の態度は一変した。

ふすまの外の廊下に出ようとしたとき、背後の声が聞こえた。長火鉢のところからだ。

「おう、与次郎《よじろう》。おめえもあしたの仕事があろう。東海道はなかなか実入りがあるようだぜ」

「へえ、そのようで。あしたも朝から高輪大木戸のあたりで、また網《あみ》を張ってみまさあ」

仁左は顔を合わせないように、ふり返りたい気持ちを抑《おさ》えた。言ったのは親分らしい勝太夫で、応えたのはあのお店者風のようだ。与次郎という名のようだ。もうこの賭場は、弥勒屋が開帳していることに間違いはない。そうなれば、あの童顔の二人がいっそう気になってくる。

銭番の若い衆は案内するように、一膳飯屋の店場までつき添った。おそらく銭番が兄貴分で、店場のほうは弟分だろう。

「おう、鄭重《ていちょう》にお見送りするんだ」

「へい」

と、店場の若い衆の態度も変わった。

提灯に火をもらって外に出た。

「また来てくだせえ。羅宇竹の新調、みんなに言っておきまさあ」

などと、若い衆も店の外まで出て見送った。

その若い衆が店場に戻った気配を背に感じると、伊佐治は言った。

「なにか感じるものはあったかい」

「ああ、あった」

と、仁左はお沙世の茶店で気になった三人がいたことを話した。

「なるほど」

と、伊佐治はうなずいた。斜め前の童顔二人の異常にも気づいていたようだ。

それだけではなかった。

「あそこの壺振り、餡入《あんい》りを使ってたぜ」

「やはり」

仁左は返した。餡入りとは、一定の面が上になるように中へ鉛《なまり》を仕込んだ賽のことである。つまり、いかさまである。

「それをあの壺振りめ、うまく使い分け、俺たちだけじゃねえ、斜め向かいの坊やたちにも巧《たく》みに勝たせていやがった」

二人は数歩、沈黙になった。

(なぜ、きょう江戸へながれついたばかりの若者に?)

おなじ疑問を持ったのだ。

八

街道への近道になる角を曲がった。細い路地だ。

数歩進むと、

「あのう、ちょいと。決して怪しいもんじゃござんせん」

背後から男の声に呼びとめられた。仁左と伊佐治は同時に一歩前に跳《と》び、間合いを取ってふり返り、二人同時に提灯を突き出すように身構えた。賭場ではときおり、大勝《おおがち》した客のあとを尾《つ》けて襲う輩《やから》のいることも、伊佐治は知っており、仁左にも話した。その類《たぐい》と思ったのだ。身に寸鉄も帯びていないため、なおさら警戒の動作は速かった。

二人そろったこの動きに、呼びとめたほうが驚いたか、

「あぁぁぁ」

声を上げ、その場に棒立ちになった。仁左と伊佐治の提灯に浮かび上がった影は二つだった。襲うどころか、相手の思わぬ動きに戸惑《とまど》っているようだった。ふところはわからないが、腰に脇差は帯びていない。

仁左と伊佐治は安堵《あんど》し、また同時に一歩戻って二つの影に近寄り、提灯を突きつけた。顔を照らされ、

「す、すまねえ。いきなり声をかけて」

「なんでえ、おめえら。俺たちになにか用かい」

一人が戸惑いながら言い、伊佐治がさらに提灯を前に突き出した。どう見ても悪党には見えない。それに若い。さっきの賭場の童顔とさほど歳も違《たが》わぬほどだ。身なりはよれよれの袷《あわせ》の着物に、これもくたびれた半纏を着けている。髷も結ってはいるが、整ってはいない。

二人とも腰を折り、

「へえ、おまえさまがた。この先の一膳飯屋から出て来られたものとお見受けいたしやして」

離れたところから、一膳飯屋を見張っていたようだ。

「そのう、奥の賭場に、与次郎という男がいたかどうか、訊こうと思いやして」

もう一人が、

「えっ、与次郎？」

仁左は問い返した。さっき聞いたばかりの名ではないか。

（こいつら、弥勒屋と係り合いのありそうな……）

いきなり現われた二人の若者に、仁左はもとより伊佐治も興味を持ち、ともに心中身構えた。

仁左と伊佐治が、長火鉢と銭箱の部屋を出るとき、与次郎は帰り支度をするようなことを言っていた。仁左は応えた。

「そやつ、弥勒屋の番頭かい」

「そ、そうでさあ」

「賭場に、賭場にいやしたか！」

質素な身なりの若者二人は、にわかに緊張したようだ。

仁左は言った。

「すぐ出て来るぜ。さっき帰《けえ》り支度をしていたみてえだったからなあ。それよりもおめえら、何者なんでえ。弥勒屋の番頭を待ってるたあ」

若者二人は仁左の問いに応えず、照らされた二つの提灯の灯りのなかで顔を見合わせ、うなずきを交わすなりくるりと背を向け、さっき曲がった路地の角から暗い通りをのぞきこむような姿勢になった。

仁左と伊佐治もうなずきを交わし、提灯の火を吹き消した。事態の尋常ではないことを覚《さと》り、姿を消し推移を見守ることにしたのだ。さっきから仁左と伊佐治の呼吸はぴたりと合っている。

脇道一筋を変えれば飲み屋の軒提灯の灯りもあろうが、いまいる路地に灯りはない。そこで若者二人は、弥勒屋の番頭を待っているのか、それとも待伏《まちぶ》せているのか……。いずれにせよその二人は弥勒屋の行状と、一膳飯屋の周辺の地形を詳しく知っているようだ。

灯りを消せば、かえって角から通りをのぞいている若者二人の影がよく看て取れる。その視線の先には、仁左と伊佐治がいましがた出て来たばかりの一膳飯屋の灯りが、かすかに見えるはずだ。

その背にそっと近づいた。若者二人は与次郎なる男が賭場にいることさえわかれば、しかもそれがすぐ出て来るとあっては、賭場の客だった者になどもう関心はないのか、背後の動きをまったく気にもとめていないようだ。

灯りを消した仁左と伊佐治は、あと一歩で若者二人の肩に手がとどきそうなところまで忍び寄った。その二人の肩が、極度に緊張しているのが夜目にも感じ取れる。

その肩が動いた。背後の二人からは見えないが、一膳飯屋に動きがあったようだ。若者二人の影が、身構えたように思われた。やはり刃物を呑んでいたか、ふところに手を入れたようだ。待伏せである。

(いかん!)

仁左は思った。眼前の若者二人が、どのように弥勒屋と係り合っているのかはわからない。ともかくいま事を起こされては、向後《こうご》の探索に支障が出る。

一方、伊佐治は、

(こいつら、やる気? おもしれえ)

野次馬に似た気分になった。

事を目の前に、仁左と伊佐治の呼吸に違いが生じた。いま、互いに策を論じ合う余裕はない。

若者二人の背が強張《こわば》ったかと思うなり、

「与次郎、許せねえっ」

一人の声とともに、眼前の二つの肩が動いた。

（まずいっ）

仁左はとっさに一人の背に組みつき、無言のまま羽交《はが》い絞《じ》めにし、その動きを止めた。

「なにしやがるっ」

もがき、叫ぶ若者の手には、出刃包丁《でばぼうちょう》が握られていた。

伊佐治はもう一人の背を釣られるように追い、路地の角を飛び出た。

（いけねえ！）

伊佐治も思わざるを得なかった。与次郎は一人ではなかった。両脇から若い衆が二人、提灯で足元を照らしている。いずれも脇差を腰に帯びている。そこに伊佐治は、飛び出てから気づいたのだ。

「待て！」

叫んだが間に合わない。無謀を覚っても自分だけ止まるわけに行かない。そのまま若者の背をつかまえようと走った。

先方は喧嘩《けんか》慣れしている。

「おっ、なにやつ！」

与次郎は一歩跳び下がり、両脇の若い衆二人は提灯を投げ出し前面に躍り出るなり一人が、

「だあーっ」

走りこんで来た影に抜き打ちをかけた。真正面からだ。投げ出された提灯の火は消えている。だが、影の動きは確かめられる。

「ぎえーっ」

刃《やいば》は若者の胸を逆袈裟《ぎやくげさ》に斬り裂き、さらに上がった刀身を打ち下ろそうとする若い衆の前面に、

「おおおっ」

伊佐治は飛び出るかたちになった。打ち下ろされた。さすがは伊佐治か、身を横に躱《かわ》した。だが、対手《あいて》は二人である。もう一人が暗いなかにも飛び出た男の手に刃物のないのを覚ったか、

「こやつ！」

脇差の切っ先を突きこんで来た。切っ先が伊佐治の脾腹《ひばら》に刺しこまれた。あまりにも至近距離のことで、防ぎようがなかった。

「ううっ」

伊佐治はその場に崩れ落ちた。

路地の角では若者と仁左が揉《も》み合いながら通りに出ていた。二人とも、

「おおっ」

影の動きから事態を覚った。

仁左は若者を放り出すように離すと、

「おーっ」

走り、若者もつづいた。

与次郎たちはきびすを返した。逃げたのではない。新たな〝敵〟が飛び出て来て、あと幾人いるか判らない。喧嘩慣れした者たちの、とっさの判断である。一膳飯屋に仲間を呼びに走ったのだ。

三つの影の動きから仁左はそれを覚った。素手である。勝ち目はない。無我夢中で駈《か》け寄り、

「おおっ、伊佐どん！」

「じ……仁左どんか……しくじったぜ……」

と、息はまだあった。

若者のほうは激しく血を噴き、すでに息絶えている。

一膳飯屋から与次郎たちが、助っ人を引き連れ出て来るまえに、この場を離れねばならない。仁左は伊佐治を素早く背負い、

「逃げるぞっ」

「へ、へえっ」

生き残った若者も失敗を覚ったか、慌てたように、まだ手にしていた出刃包丁を打ち捨て、仁左に従った。

一膳飯屋からばらばらと灯りの出るのが見えた。その出刃包丁を仁左が闇のなかに拾う猶予《ゆうよ》はない。

「こっちだ」

「へえ」

向かって来る提灯へ逆に近づくように歩を進め、路地に駈けこんだ。夜陰に追っ手を躱す、最良の方法である。並の者にできる行動ではない。

目の前を、提灯の群れが走り過ぎた。七、八人はいた。

灯りのない路地から路地へと、仁左と若者一人は巧みに逃げた。目の前を走り去る提灯の灯りに、息を潜《ひそ》めることも幾度かあった。若者は怯《おび》えきり、伊佐治を

背負った仁左にただ従った。

「馬鹿野郎」

仁左は若者に浴《あ》びせた。さっきの路地で与次郎ら三人をやり過ごし、背後に飛び出すならまだしも、それを待てず前から襲いかかるなど、素人の作法で、不意打ちにならないばかりか無謀である。それよりも、対手が三人と判ったとき、襲撃を断念すべきだったのだ。

暗やみのなかで、

「兄イ」

若者は仁左をそう称《よ》んだ。幾度も息を潜めるなかに自分の命が、いま一緒に逃げているお人に救われたのを、ようやく覚ったようだ。その若者は万吉《まんきち》といい、十八歳だと語った。飛び出し、斬殺されたのは千太《せんた》といい、

「わしら国者《くにもの》同志で、おない年なんだ！」

と、万吉は声を震《ふる》わせた。

二 思わぬ展開

一

「馬鹿野郎！」

忠吾郎は、腹の底から声を絞り出した。

深夜である。

誰に言ったのか、仁左にか、原因をつくった万吉にか、弥勒屋の与次郎にか、果《は》ては帰らぬ伊佐治に対してか……わからない。忠吾郎自身にもわからない。おそらくそれらすべての、事の推移に対してであろう。

伊佐治を背にした仁左が、ホッと息をついたのは、大門の大通りを南へ横切り増上寺の門前町に入ったときだった。そこは弥勒屋の縄張外《しまそと》で、夜中に脇差を帯びた神明前の若い衆が入ったのでは、たちまち増上寺側の店頭《たながしら》たちとのあいだで大騒ぎになるだろう。

「――おい、おめえ。万吉といったなあ。ここまで来りゃあひと安心だ。もうすぐだぞ」

仁左を頼りきり、ついて来る万吉に仁左は言った。

「――兄イ！　この人、ようすが」

万吉は低い声を上げた。

まだ弥勒屋の追っ手を躱《かわ》し、灯《あか》りのない路地を幾度も抜け、角を曲がるにも緊張を強《し》いられているときから仁左は、

（――ともかく金杉橋を渡り、浜久で手当を）

思っていた。

だが、それを弥勒屋に嗅《か》ぎつけられたなら、浜久に多大の迷惑がかかり、争いは札ノ辻まで飛び火するだろう。

（――いかん）

脳裡《のうり》から浜久を払拭《ふっしょく》し、

（──よしっ）

と、思い立ったのは、中門前《なかもんぜん》三丁目の店頭弥之市《やのいち》だった。弥之市一家と相州屋は、増上寺の近辺で影走りの必要な事件が起きたとき、常に手を組んで悪党を殲《せん》滅《めっ》して来た。弥之市が増上寺門前の場末《ばすえ》とはいえ、近辺の店頭に押しつぶされることなく、一家の看板を張っておられるのは、相州屋忠吾郎のおかげであり、相州屋寄子《よりこ》の仁左らが増上寺近辺で影走りができるのは、弥之市一家の合力《ごうりき》があるからこそだった。

（──そこに甘えよう）

と、思ったのだ。

弥之市一家の住処《すみか》なら古川《ふるかわ》の手前であり、金杉橋を渡らなければならない浜久より近い。

そうと決めれば、仁左は気分的に落ち着くことができた。だからあとについている万吉に〝ひと安心だ。もうすぐだ〟と言ったのだった。だが万吉は〝この人、ようすが〟と、返した。

仁左の背で、伊佐治は息絶えていたのだ。

仁左は瞬時、全身の血が逆流するのを覚えた。

大声で伊佐治の名を叫ぶこともできない。

掠《かす》れた声で言った。

「――急ぐぞ」

歩を進めた。脳裡は、一切の思考を失っていた。背と首筋に、まだぬくもりのある伊佐治を感じる。

弥之市一家の住処では、仁左の突然の訪《おとな》いに驚いた。しかも、一緒の伊佐治は息絶えている。

「――すまねえ。なにも訊かずに、大八車を用意してくれ」

仁左は頼んだ。事態を話せば、弥之市一家を争いに巻きこむことになる。

弥之市は解し、夜中に死体を乗せ街道を行くのは危ないと、荷舟《にぶね》を用意してくれた。弥之市一家の縄張は古川に面しており、舟の用意ならいつでもできる。船頭は一家の若い衆で、代貸の辛三郎《しんざぶろう》が舟につき添った。

古川から金杉橋の下をくぐり、芝浜《しばはま》に沿って櫓《ろ》を漕《こ》ぎ、薩摩《さつま》藩の蔵屋敷を過ぎたあたりが、札ノ辻に近い海浜である。

さいわい風はなく、海は穏やかだった。辛三郎も伊佐治をよく知っている。なにがあったのか聞きたいだろう。だが、訊かなかった。舟の中で、仁左も万吉も無口だった。

札ノ辻に近い海岸に着いたとき、辛三郎は一言だけ言った。

「――助《すけ》っ人《と》が必要なときには、いつでも声をかけてくだせえ」

仁左には、涙が出るほどありがたい言葉だった。

その亡骸《なきがら》がいま、相州屋の居間に寝かされている。

深夜である。枕辺《まくらべ》に座し、忠吾郎は顔面蒼白《がんめんそうはく》になり、握《にぎ》り締めた両手を震《ふる》わせながら経緯《いきさつ》を聞いた。語る仁左は、幾度も声を詰まらせた。万吉は仁左の背に隠れるように端座し、身を縮めている。

仁左はようやく、弥之市一家が荷舟を出し辛三郎が浜辺までつき添ってくれたところまで話した。しかし、仁左がいかに詳しく語っても、事態の途中からにすぎない。

忠吾郎は、いつまでも驚愕《きようがく》のなかに身を置いてはいなかった。

「万吉と言ったなあ。そんなところに隠れていねえで、前へ出ろ」

「へ、へえ」

万吉は忠吾郎に言われ、畏《かしこ》まったようすで膝を前に進めた。古川で舟に乗ったときから、一言も発していない。原因をつくったのは、殺された千太と自分なのだ。そこに至った過程を、まだ語っていない。此処《ここ》がいかなるところかも、まだ知らない。ただ、待伏せの身が逆に追われる身となり、仁左なる人物についておれば安心と、此処《ここ》までついて来たのだ。弥勒屋に見つかれば、

（殺される）

　ことを、万吉は知っている。

　忠吾郎は訊いた。

「おめえ、さっきから震えていやがるが、在所はどこだ」

「へ、へえ。奥州街道筋の、利根川《とねがわ》の手前の村でごぜえやす」

「ふむ。ならば安心だわい」

　忠吾郎はいくらか安堵《あんど》の表情になった。

　それを仁左は解した。

　どのような経緯か知らないが、万吉が弥勒屋と係《かか》り合《あ》いがあるなら、弥勒屋は人宿でもある。万吉の在所を知っていよう。ならば、逃げる者と追う側の心理である。弥勒屋の目は、

（奥州街道の千住宿に向けられるはず）

忠吾郎は判断したのだ。すでに弥勒屋の手の者が幾人か、千住に走っているかもしれない。品川へ向かう東海道とは逆方向である。ならばその道中の札ノ辻は安全となる。

忠吾郎はあらためて万吉に質《ただ》した。

「さあ、万吉。これからのこともある。おめえ、なんで出刃包丁などを持って、弥勒屋の番頭を襲《おそ》おうとしたのだえ」

達磨《だるま》顔の大きな目で睨《にら》まれ、万吉は畏縮《いしゅく》し身をこわばらせた。万吉にすれば虎口《ここう》を脱したものの、その過程が弥勒屋と似たような一家の手を借り、たどりついたところがまた、

（なにやら弥勒屋と似ている）

のである。

仁左も万吉を凝視した。それを訊くために、ここまで連れて来たのだ。畏縮する万吉に仁左は言った。

「千太とやらが殺され、俺も大事《でえじ》な相棒を喪《うしな》ったのだぜ。さあ、理由《わけ》を聞かせてくれねえじゃ困るぜ。おめえにとって、ここは悪い所にはならねえはずだが」

伊佐治の遺体の前である。部屋に灯《とも》した行灯《あんどん》が、灯明《とうみょう》代わりになっている。

「へ、へえ」

頼りになりそうな仁左からもうながされ、ようやく万吉は語りはじめた。

二

千太と万吉は利根川の手前、栗橋宿《くりはししゅく》に近い集落の出だった。一帯は湿地帯で田はなく、生計は沼地の蓮《はす》の実取りと蓮根《れんこん》掘り、泥鰌《どじょう》すくいだった。それでも宿場の近くだったから、飢《う》えることはなかった。だが、厳寒のときでも泥《どろ》にまみれての日々が嫌になり、冬になるまえにと、三月《みつき》ほどまえに二人で村を捨てたという。江戸に出て無宿者になる典型的な例である。

銭《ぜに》も持たず奥州街道を江戸に向かい、

「千住の宿《しゅく》に入《へえ》ったときでごぜえやした」

万吉は言う。

「――江戸で仕事を找《さが》すのなら、お手伝いしましょうか」

と、声をかけて来た者がいたという。

そのときの姿を、忠吾郎と仁左は容易に想像できた。

「江戸には口入屋《くちいれや》とか人宿《ひとやど》という便利なところがあり、住込みの奉公でも簡単に見つかる、と栗橋宿で聞きやしたもので、ついそのようなお人と思ったのでござえやす」

「簡単じゃねえが、仕事はねえこともねえ。ここも、その人宿さ」

「えっ」

仁左が言ったのへ、万吉は驚いたようすになり、忠吾郎に視線を向けた。忠吾郎は達磨顔に笑みを浮かべ、

「そのとき声をかけて来たのが、弥勒屋の番頭で与次郎だったというのだな」

やわらかい口調だった。いつも向かいの茶店に腰を据え、自分がやっているこ となのだ。東海道に歩を踏んでおれば、この若者は弥勒屋ではなく相州屋の寄子になっていたであろうことを想像し、万吉にいくらか親しみを覚えた。

「へ、へえ。さようで」

万吉は応え、さきをつづけた。

「お江戸のお店者《たなもの》らしく、角帯をきちりと締め、身なりも整っておりやしたもので、おいらも千太も、こりゃあ幸先《さいさき》がいいと与次郎さんに従い、つれて行かれたのが神明前の木賃宿でござんした」

「あの小奇麗なところだな、ふむ」

仁左がうなずいた。

万吉はつづけた。

「栗橋にも木賃宿はありやすが、それにくらべれば、立派な旅籠《はたご》のように見えやした。そこで湯につからせてもらい、お仕着《しき》せのように袷《あわせ》の着物も帯ももらい、つぎの日は神明宮と増上寺に参詣《さんけい》し、門前町も見物し、あんなに広くてまるで縁日みてえなのに驚き、これからこうした町の住人になれるのか、と千太と二人して手を取り合って喜んだものでやした」

「ふむ。それで？」

仁左がまたうなずき、さきをうながした。

「へえ」

と、万吉の話はつづいた。

「その日の夜でござんした。町を案内してくれて、酒まで飲ませてくれた番頭の与次郎さんが、おもしろい遊びがあるからと言うのです」

「博奕《ばくち》かい。あの一膳飯屋《いちぜんめしや》の奥の」

と、仁左。

「へえ、木賃宿の奥でもあります」

「そういう構造のようだなあ。行ったかい」

「へえ。与次郎さんが小遣いまでくれやして」

「勝ったろう」

「そりゃあもう、嘘《うそ》みてえに。世の中にこんなこともあるのかと」

「つぎの日も、その木賃宿を足溜《あしだま》りに遊び呆《ほう》けたのだろう」

「さようで」

「馬鹿な」

仁左と万吉のやりとりを、忠吾郎は険《けわ》しい表情で聞いている。

「つづけろ。その日も賭場に行ったのだな」

「へえ」

と、万吉の表情が急に曇《くも》った。

「二人とも、あっというまにすってんてんになり、与次郎さんが心配するな、と銭箱を預かっているお兄イさんに話し、融通《ゆうずう》してくれやした。それをくり返し、気がつきゃあ、おいらも千太も三十両ほどの借金をつくっておりやした。それでも与次郎さんは親切で、なあにすぐ返《けえ》せるから、と神明前の木賃宿を出て、増上寺の裏手で神谷町《かみやちょう》という町の大黒屋《だいこくや》という木賃宿に移されやした」

　万吉の口調が、しだいに苦痛を帯びたようになりはじめた。

「そこはもう、宿とは名ばかりの、普請場《ふしんば》の人足小屋でやして、ひと部屋に幾人もつめこまれ。親方というのがいて……」

　二人は部屋に入るなり、親方から首根っ子を押さえられ、板敷きに叩《たた》きつけるように座らされ、

「——おめえら、借金を返《けえ》すまでここを出られねえと思え」

　言ったという。

「すぐに気がついたのでやすが、見張りまでついておりやした。つぎの日、暗いうちから叩き起こされ、お城の掘浚《ほりさら》いの現場に連れていかれ、戻って来たのは暗くなってからでございやした。それが毎日で、道普請やら橋普請など、給金などありやせん。親方に訊くと殴《なぐ》られ……」

　親方はまた言ったという。

「——おめえら大馬鹿者だ。てめえで借金をこしらえてよ。十年はここで働かなきゃならねえと思え」

　親方も見張りも、弥勒屋の半纏《はんてん》を着けていたという。

「まえから木賃宿じゃねえ、その人足小屋にいたお仲間に訊くと、ここに来たいきさつは、みなおいらたちとおなじでやした。江戸に出て来ようとして、街道で与次郎に声をかけられ……。ようやくおいらも千太も、与次郎に騙《だま》されたことに気づきやした。それからの毎日、もう地獄でやした」

さっきまで与次郎に〝さん〟をつけていたのが、呼び捨てになっている。

「逃げられなかったのかい」

また仁左が問いを入れたのへ、万吉は顔の前で手の平をひらひらと振り、

「とんでもございんせん。おいらたちがいた三月《みつき》のあいだだけでも、一人逃げようとしたのがいて、小屋を出たところで見張りにつかまり、殴り殺されやした。あと二人、うまく逃げたのでやすが、中山道《なかせんどう》の板橋宿《いたばししゅく》というところでつかまって連れ戻され、借金を踏み倒す気か、と酷《ひど》い折檻《せっかん》をされ、つぎの日、大川《おおかわ》の土手普請に出て、水におぼれて二人とも死にやした。うわさでは、殺された……と。二人とも武州熊ケ谷《ぶしゅうくまがや》の産で、江戸へ出て来たのは一年前《めえ》だと言っておりやした」

「それでおめえたちはきのう、うまく大黒屋たらいう人足小屋を抜け出したってのかい」

「へえ。十日もめえから、隙《すき》をうかがっておりやした」

「出刃包丁もかい」

「さ、さようで」

恐怖がよみがえって来たのか、万吉は握り締めた両の拳《こぶし》をかすかに震わせ、

「こ、このままじゃ、腹の、腹の虫がおさまらねえ、と千太と二人して」

「それで一膳飯屋を見張り、出て来た俺たちに声をかけたって寸法かい」

と、仁左は、白い布を顔にかぶせた伊佐治に目をやった。

万吉と忠吾郎の視線もそれにつづき、しばしの沈黙がその場にながれた。

このあとの話は、さっき仁左の語ったとおりで、ことの次第を忠吾郎は呑みこんだ。

忠吾郎の声が、その場の沈黙を破った。

「万吉よ……、弥勒屋の人足小屋てえのは、おめえらがいた大黒屋だけかい。それに人数は」

「いえ、おなじ神谷町に、もう一軒。恵比寿屋《えびすや》と申しやした」

「なんだと！　人宿が弥勒屋で、その寄子宿じゃねえ人足小屋が大黒屋に恵比寿屋かい。ふざけやがって。で、さっき旦那《だんな》が訊かれた人数は？」

「どちらも十二、三人ずつでやした。合わせて二十五、六人でやすか。そこから

おいらたち二人が抜けたってわけで」

仁左も訊き、万吉が応えたのへ、

「あ、そうそう。大事《でえじ》なことを忘れていやした」

と、仁左は忠吾郎に視線を向けた。

「きょう昼間、向かいの茶店で、番頭の与次郎に連れられお茶を飲んで行った二人、さっそくきょうの盆茣蓙《ぼんござ》に出ておりやしたぜ。昼間とは似ても似つかねえなりで。俺の見たところ、けっこう勝たせてもらっていやしたぜ」

「えぇえ！　お江戸についたその日から？　まさか、おいらたちが抜けた分、その日のうちに頭数を埋めようと……もう、借金をこしらえているかもしれねえ」

「そういうことだろう。いずれにせよ、神谷町の大黒屋か恵比寿屋に送りこまれるだろうなあ」

「ううううっ」

万吉はまるで自分が新たな二人に悪いことをしたように、苦痛のうめき声を洩らした。

忠吾郎は仁左と万吉の二人を交互に見つめ、

「よし、大方《おおかた》はわかった。万吉」

「へえ」

「おめえは今宵《こよい》、ここに泊まっていけ。仁左どん、あとで案内してやれ。伊佐治の部屋だ」

「えっ」

「さすがのおめえもわからねえか。あしたはおめえら二人、おクマとおトラが商いに出るまで、長屋の部屋で寝ているんだ。おクマとおトラは、仁左どんと伊佐治が朝寝坊していると思うだろう」

「なにゆえさような」

ふと仁左は武士言葉になり、

「なんでそんなことを」

言いなおした。

忠吾郎は応えた。

「おクマとおトラは、あしたまた神明前に行くだろう」

「あ、わかりやした。自然に商い、町のようすを見させる」

「そうよ。伊佐治が向こうで殺されたことを話してみろい。あの婆《ばあ》さんたち震え上がって、逆に弥勒屋の連中に怪しまれらあ。あの二人のためにもよくねえ。それに仁左どん、おめえの話じゃ、万吉と一緒に飛び出したときはむろん、千太と伊佐治が斬《き》られたときも、やつらの提灯《ちょうちん》はすでに消えておったことになるなあ」

「そのとおりで」

「ということは、飛び出したのが、さっきまで賭場で丁半を張っていた二人とは気づいていねえはずだ。それも探らねばならねえ。方途はおクマとおトラの話を聞いてから考えよう。相州屋の奉公人《うち》も、夜が明けてから、ここに寝ている伊佐治を見りゃあ仰天《ぎょうてん》するだろうが、ともかくあした一日、固く口止めしておこうよ。ちょいと心苦しいが、向かいのお沙世にもなあ」

「なるほど。あしたまた、弥勒屋の与次郎がおもての街道を通らねえとも限らねえからでやすね」

「そういうことだ。さあ、そうと決まればおめえら、もう長屋に戻れ。わしは今宵、ここで寝る。伊佐治と一緒になあ」

「旦那、俺もそうさせてくだせえ」

「ならねえ」

仁左が言ったのへ、忠吾郎は強い口調で返した。

「おめえにはあしたの朝、万吉と一緒にあの婆さんたちに目くらましをかけなきやならねえ仕事があるんだぜ。向後《こうご》のためになあ。それが伊佐治への、供養《くよう》ってもんだぜ」

「へえ」

言われた仁左は仕方なく返し、万吉をうながし火を入れた提灯を手に縁側から裏庭に下りた。

ふり返った。

「旦那」

「わかっておる。なあ、仁左どんよ。わしはこの一件、もう呉服橋から頼まれたこととは思っちゃいねえ。おめえも、そのつもりでいてくれ」

「もとより」

仁左は返した。いくらか武士言葉になっていたが、言いなおしはしなかった。

(旦那はお奉行の思惑《おもわく》を脇《わき》におき、仇《かたき》を討《う》ちなさるおつもりだ)

仁左は確信した。

寄子宿の長屋はすぐそこである。

仁左は万吉を伊佐治の部屋に入れ、

「あした、俺が呼ぶまで寝ていろ。外へ出ちゃならねえぞ」

「へえ」

万吉はしおらしく返したが、

(旦那も万吉も、今宵は眠れまい)

仁左自身が、眠れそうにないのだ。

三

うつらうつらとしたなかに、仁左は部屋の腰高障子《こしだかしょうじ》がすでに外の明るさを受けているのを感じた。

聞こえて来た。

「あきれたよう、まだ寝ているみたい、仁さんも伊佐さんも」

「きのう、どっかへ行って、帰りも遅かったみたいだったからねえ」

「きっと、丁だ半だっていう、あそこさ。まったく」

おクマとおトラの声だ。

「おおう」

仁左は起き上がり、腰高障子を開けた。眠そうな、疲れきった面《つら》をしている。

すぐさま浴びせかけられた。

「やっぱり行ってたんだね。しょうがないねえ」

「伊佐さんもまだ寝てるみたいだし。まったくもう」

「すまねえ。きょうは神明前、さきに行っててくれ。伊佐どんを起こして、あとから行かあ」

仁左は言うと、腰高障子を閉めた。

「まったく、もう」

「じゃあ、さきに行こうか」

婆さん二人の声を背に聞きながら、仁左は寝床に戻った。

つぎに目を覚ましたのは、陽がすっかり昇った時分だった。

おクマとおトラはもういない。

伊佐治の部屋をのぞいた。起きていた。万吉は伊佐治の蒲団《ふとん》の上に上体を起こし、ただ茫然《ぼうぜん》としている。まだ、現実が呑みこめないのかもしれない。

井戸端に出た。相州屋の裏庭に面した雨戸は開いているが、居間の障子は閉まっていた。その内側に、伊佐治が眠っているのだ。

静かだった。かすかに線香の香が漂《ただよ》ってくる。気のせいかもしれないが、屋内は緊張しているように感じられた。通い番頭の正之助《まさのすけ》などは、出て来るなり驚愕し、いまはすでに寺へ葬儀の準備に出向いている。だがおもての暖簾《のれん》は、いつものように出しており、街道を通る者は、相州屋の中に異変が起きているなど感じないだろう。向かいのお沙世も、まったく気づいていない。忠吾郎の口止めが、徹底しているようだ。

釣瓶《つるべ》で水を汲《く》んでいると、もそりと万吉が出て来た。

「あのう、仁左さん。おいら、なにをどうしたらいいので」

「ああ、きのうも相州屋の旦那《だんな》に言われたろう。さあ、顔を洗ってさっぱりしたら、部屋に戻っておれ。外へ出るんじゃねえぞ」

「だども、せめて千太の遺体が無理なら、遺髪だけでも」

「馬鹿野郎！　おめえ、殺されたいのか。さっさと顔を洗い、部屋に引っこんでろい」

仁左はきつく言い、ふたたび釣瓶で水を汲んだ。

横で顔を洗いはじめた万吉に、

「悪いようにはしねえ。こっちも命がけなんだ」

低い声で言った。昨夜から、万吉が他人を巻き添えにして一人死なせてしまったことや、千太の死体を置き去りにしたことにうしろめたさを覚えているのを、仁左はじゅうぶんに感じ取っている。だが、対手《あいて》が店頭の一家では、千太の遺体どころか遺髪をもらい受けるのさえ不可能なことを知っている。

万吉は言われたとおり、寄子宿の長屋に戻り、仁左は自分も追っ手から隠れているように、街道には出ず縁側から居間に上がった。伊佐治の枕元に、白い布で覆った文机《ふづくえ》が置かれ、灯明《とうみよう》と線香が点《つ》けられている。

手を合わせていると、通いの女中が、まだ驚愕から覚《さ》めやらない口調で、

「だ、旦那さまはいま、店のほうに」

「うむ」

仁左はうなずき、廊下から店に出た。

板敷きの帳場格子《ちようばごうし》の内側に忠吾郎は座し、机の上に身を乗り出している。商舗《みせ》の腰高障子戸が一枚開けられていた。外を見つめているのだ。

背後の気配に忠吾郎は、

「おう、仁左どん。眠れたかな」

目を外にやったまま言う。

「旦那のほうこそ」

と、仁左も帳場格子の内側にあぐらを組み、忠吾郎の視線を追った。

「あっ、あれは！」

仁左は思わず声を上げた。

忠吾郎は目を外に向けたまま口早に言った。

「お沙世に頼んでおいたのだ。同業の番頭さんが通れば、知らせてくれと。それがいま現われたところだ」

お沙世はまだ、弥勒屋も与次郎の名も知らない。ただ、相州屋の同業で商舗は金杉橋の向こうといった認識しかない。

「旦那、あれですよ。弥勒屋の与次郎は！」

「ふむ、やはり」

忠吾郎がうなずいたとき、与次郎は腰高障子戸のすき間の視界から消えた。縁台に座って茶を飲むでもなく、立ち話だけだったようだ。忠吾郎から言われており、素通りするところをお沙世が、

「――あら、番頭さん。きょうも大木戸まで行かれますか」

「――ああ、人助けでねえ」

と、呼びとめ、一言二言、言葉を交わしていた。

「なにを話していたか、すぐ知らせに来るだろう」

「そのとき旦那、どうしやす」

お沙世に事態を話すかどうかである。

「夕刻にしよう。与次郎がもう一度ここを通るからなあ。そのときまで、お沙世はなにも知らないほうがいい」

「あっしもそう思いまさあ。与次郎め、きょうも平常を装《よそお》って出て来るたあ、外に対し相当気を配っていることになりやすねえ」

「そのとおりだ。さすが仁左どん、よくわかっているじゃねえか」

「い、いえ。ただ、そう思っただけで」

仁左が自分の勘を否定したところへ、お沙世の下駄《げた》の音が聞こえ、

「旦那、見てたでしょ、さっき。あらら、仁左さん、ここに？　きょうはどうしたんですか。おクマさんとおトラさん、とっくに出かけたのに」

「いや、ちょいとな」

仁左はあいまいに返し、忠吾郎がすかさず、

「で、さっきのじゃねえのかい。金杉橋向こうの相州屋《うち》の同業ってのは」

「そう、それがみょうなんですよ」

お沙世は仕事中のこともあり、三和土《たたき》に立ったまま話した。

「こちらの街道で、なにか変わったことはないかなんて訊くんですよ。どんな変わったことって訊くと、なにもなければそれでいいんだなんて。いったいなんなんでしょうねえ。そんなことを訊くなんて。でも、いいんですか。あの番頭さん、人助けだなんて、高輪の大木戸まで出張《でば》って。放っておけばここまで来るながれの人を持って行ってしまうんですよ」

「あははは。それだけ仕事熱心ってことさ。まあ、わしは札ノ辻《ここ》で目についたのだけ、拾い上げるさ。札ノ辻ならお沙世ちゃんも合力してくれるからなあ。これからもよろしく頼むぞ」

「そりゃあまあ」

お沙世は返すと、

「あの番頭さん、帰りにまた立ち寄るかもしれないから、そのときはまた知らせますね。この戸、どうします。閉めますか」

「ああ、閉めておいてくんねえ」

忠吾郎は言い、お沙世は忙しそうに腰高障子を外から閉め、下駄の音が遠ざかった。

それを待っていたように、仁左は言った。

「やはり与次郎め〝なにか変わったことはないか〟などと、平常を装いながら探りを入れてやがる。千住のほうにゃ、手下の若い衆が幾人か出張っておりやしょう。で、旦那、あっしはどうしやしょう。これから神明前に行って、弥勒屋のようすを探ってみてえ。面は割れていねえはずでやすから」

「いや、危ねえ。向こうはあくまで平常を装うことに神経を尖《とが》らせておる。面は割れておらんでも、きのう来た二人連れがきょうは一人となりゃあ、そこからなにか嗅《か》ぎ出すことがあるやもしれねえ。こっちも用心に超したことはねえ。おめえはきょう一日、万吉のそばにいてやんねえ。あやつが殺《や》ろうとしていたのがさっきおもてを通り、このあともまた通るのだ。万吉に殺らせちゃならねえ。当人のためにもなあ」

「旦那、やはり殺りなさるおつもりなんですね。旦那から聞いた話じゃ、呉服橋の大旦那の背後にいなさるお城の若年寄さまとやらの狙《ねら》いは、普請奉行の黒永豪四郎たらぬかす旗本じゃござんせんかい。町場で俺たちがさきに弥勒屋を葬《ほうむ》っても、本来の目的にさしたる支障は出ねえ」

「ほう。そこまでさき読みするかい」

覚悟を決めたような表情で言う仁左に忠吾郎は返したが、

(こいつめ、自分自身に言ってやがる)

感じ取った。むろん、それを顔にあらわすことはない。ただ忠吾郎には、そのような仁左の心根が嬉しかった。

「それじゃ俺は万吉の見張りをじゃねえ、きょう一日、つき添っていまさあ」

と、腰を上げた仁左に、

「なあ、仁左どんよ」

忠吾郎は呼びとめた。仁左はすでに立っており、首だけをふり返らせた。

「なんですかい」

「おめえ、どう思う。伊佐治め、わしが小田原から呼び寄せたばかりに、こうなっちまった。小田原にいりゃあ、なりは小せえが、いいお兄イさんでいられたはずだ。わしが殺したようなもんだ」

「旦那、それを言わねえでくだせえ。千太と万吉の意図に、あとひと呼吸早く気づいていたなら、こうはなりやせんでした。死なせたのは、あっしでさあ」

「…………」

昨夜、仁左が伊佐治の亡骸を担《かつ》ぎこんだときから、忠吾郎はずっと自責の念に駆られていたのだ。同時に、誰かにそれを否定してもらいたかった。仁左がそれを否定した。しかしその言葉は、かえって忠吾郎に重くのしかかったようだ。

仁左は首をもとに戻し、一歩踏み出した足をとめた。

「で、旦那。いつ、殺りなさるんで」

「おクマとおトラが帰《けえ》って来てから、やつらが一端《いっぱし》の店頭の手順を踏んでやがったら、今宵」

「えっ」

これには仁左は驚いたが、すぐに解した。

「へえ。それならあした、伊佐どんの野辺《のべ》送りが、心置きなくできまさあ」

仁左の言葉に、忠吾郎は無言でうなずいた。伊佐治の仇討ちだけではない。万吉の話を聞き、同業としてかかる悪徳が許せなかったのだ。

きのう与次郎に連れられ、お沙世の茶店で茶を一杯飲んで行った若者二人は、きょうあすにも神谷町の大黒屋か恵比寿屋に送りこまれようか。札ノ辻でお茶を一杯飲んだだけだが、救い出したい。

まだある。伊佐治の葬儀を人並みに出してやりたい。同業の相州屋に葬儀があり、それが神明前の賭場に来ていた男とわかれば、弥勒屋はなにかを嗅ぎつけるだろう。探りを入れれば、万吉がその寄子宿にかくまわれていることなどすぐにわかる。札ノ辻は騒然となろうか。

（こそこそと隠れた葬儀など、伊佐治に申しわけがねえ）

忠吾郎の念頭にながれているのを、仁左は感じ取っている。仁左もおなじ思いなのだ。雑魚《ざこ》などどうでもよい。仇は弥勒屋勝太夫と番頭の与次郎である。今宵決行すれば、心置きなく、あした伊佐治の葬儀が出せるのだ。

四

午《ひる》をいくらか過ぎたころ、お沙世がまた相州屋の暖簾をくぐった。帳場格子の中に座っていたのは番頭の正之助だったが、すぐに忠吾郎が出て来た。

「ご同業の番頭さん、さっき帰りました。きょうは収穫なしだったみたい」

告げるとすぐ帰ろうとするお沙世を、忠吾郎は思わず呼びとめようとして言葉を呑みこんだ。ともかくすべては、おクマとおトラが帰ってからである。

そのおクマとおトラが、

「なんなんですよう。仁さんも伊佐さんもきょう、神明前に来なかったじゃないかね」

「そうだよ、竹馬も出てなかったし、羅宇竹の音も聞こえなかったよ」

と、帰って来たのは、いつもよりかなり早い、陽がまだ高い時分だった。

「ちょいと事情があってなあ」

と、井戸端で仁左が言い、忠吾郎も出て来て縁側に四人がそろった。

仁左の口から、

「あそこの一膳飯屋さ、なにか変わったことはなかったかい」

と、賭場の話が出る。

おクマは言った。きょうも蠟燭のしずくがかなりあり、

「あんたら、いつまで遊んでたんだね」

と、昨夜も賭場はいつもと変わりなく、繁盛《はんじよう》していたらしい。途中で打ち切られるようなこともなかったようだ。

おトラも一膳飯屋に入り、付木を買ってもらったようだ。

ならば二人とも、昨夜惨劇のあったあの裏手の往還を通ったはずである。そのことに、二人はなにも触れなかった。血の跡があったとか、なにやらそこで事件があったなどの話を聞いたなら、二人とも開口一番、得意になって話すだろう。

それがない。つまり、事件はなかった……。

役人が入れない、店頭支配の寺社門前では、かりに殺しがあっても死体はただちに隠され、血の痕跡《こんせき》などたちどころに消し去られる。現場近くの住人には店頭一家から口止めがされる。事件はなかったことになる。役人を呼びこまないためである。事件がなければ、役人は来ない。

酔っぱらい同士の喧嘩《けんか》があっても、飲み屋や女郎屋の妓《おんな》に理不尽《りふじん》を働く客が出たときでも、店頭一家の若い衆がたちどころに出向いて事を収め、何事もなかったことにする。それで寺社門前の治安は保たれているのだ。

忠吾郎と仁左は顔を見合わせた。弥勒屋の一家は〝一端の店頭の手順を〟踏んでいたことになる。事件を消し去っていたのだ。

決まりである。あった事件もなかったことにする輩《やから》を襲っても、それはなかったことになる。

顔を見合わせた忠吾郎と仁左は、かすかにうなずきを交わした。

おクマが言った。

「さっきから気になってたんだけど、線香の匂いがしないかい」

「そう。あたしもそれ、さっきから感じてた」

おトラがつないだ。

忠吾郎と仁左はふたたび顔を見合わせ、

「上がりねえ」

忠吾郎が言った。

居間に入ったおクマとおトラは仰天した。伊佐治の枕元には線香だけでなく、灯明まで灯されている。

「なんで！　どうして！」

「伊佐さん！　伊佐さん！　起きてようっ」

取り乱す二人に、

「きのうの夜、神明前の賭場から帰ると、伊佐どんが急に心ノ臓を押さえて苦しみだし、急いで忠吾郎旦那を起こし、ここに担ぎこむと、ぽっくりと逝《い》ってしまった。医者を呼ぶいとまもなかった。まえまえから、心ノ臓が痛むと言っていたのだ」

「そういうことだ。わしもなあ、もう言葉もないわい」

仁左が言ったのへ、忠吾郎がつないだ。落胆《らくたん》しきった口調は演技ではない。おトラもおクマも、そういえばきょうは朝から仁左のようすが普段とは違っていたことを、みょうに納得した。

お沙世が呼ばれた。

「ひーっ、伊佐治さんがあっ」

悲鳴を上げた。

おなじ説明をした。

「それがわかっていて、どうして！」

お沙世は仁左を詰《なじ》った。

まだ外は明るいが、この場が身内だけの通夜《つや》となった。お沙世の祖父母の久蔵《ひさぞう》とおウメも、早めに茶店を閉めて来た。きょう新たに寄子になったという万吉も同座した。相州屋には、向かいの茶店も寄子も身内である。

この通夜が終われば、忠吾郎と仁左は秘《ひそ》かに出かけることになっている。二人の緊張した表情の裏に、そうした算段のあることに気づく者はいない。

通い番頭の正之助も通いの女中たちも、この日は陽が落ちてもまだ帰らなかった。伊佐治が死んだなど、きょう一日、遺体とおなじ屋根の下にいても、いまだ信じられないといった表情だった。

陽が落ちてから半刻（およそ一時間）ほどを経たろうか。通夜もそろそろお開きになりかけた。

忠吾郎と仁左の心中は、ますます昂《たか》ぶった。これから二人で、神明前に賭場荒らしを仕掛け、勝太夫と与次郎の命を奪おうというのである。

あの木賃宿と一膳飯屋の見取図は、昼間のうちに万吉に描かせている。どさくさに紛《まぎ》れて二人を葬《ほうむ》り、さっと引き揚げる。忠吾郎と仁左の二人なら、自信はあった。迅速《じんそく》な行動は、人数の少ないほうがやりやすい。万吉を連れて行ったのでは、かえって足手まといになる。

裏手の路地から忍び込み、顔を手拭《てぬぐい》で隠し長火鉢と銭箱の部屋に飛びこみ、勝太夫と与次郎を斬る。賭場では手入れがあればまっさきにすべての灯りを消すことは、忠吾郎が最もよく知るところである。忠吾郎と仁左には、逃げ場の闇を提供してくれるようなものである。銭箱を護《まも》っている若い衆は、ともかく銭箱を引っ抱えて逃げる。立ち向かってくることはない。捕方か賭場荒らしかも判らず混乱する屋内を尻目に、二人は遁走《とんそう》する。

外はすでに夜であり、忠吾郎と仁左の胸中には、その修羅場《しゅらば》がすでに描かれている。

「さあ、野辺送りはあしただ。あとかたづけはいいから」

忠吾郎は通夜の終わりを告げ、お沙世と久蔵、おウメが引き揚げ、正之助と女中たちも帰ろうとしたときである。思わぬ来客があった。すでに閉めたおもての雨戸を叩く音は、忠吾郎と仁左がいま最も会いたくない、隠密廻り同心の染谷結之助と岡っ引の玄八だった。染谷はいつもの脇差を帯びた遊び人風体《ふうてい》で、玄八はそば屋の屋台こそ担いでいないが、着物を尻端折《しりっぱしょり》に股引《ももひき》をはき、手拭で頬《ほお》かぶりをして老け役を扮《こしら》えている。

この二人の素性を、お沙世と正之助は知っているが、他の者は知らない。

忠吾郎は二人を商舗の板敷きに待たせ、正之助や女中たちを裏庭から帰し、万吉とおクマ、おトラも長屋に戻した。今宵、勝太夫と与次郎を斃《たお》せば、あすは心置きなく伊佐治の野辺送りができる。その決意は、いささかも揺らぐものではなかった。

五

染谷と玄八は、商舗の板敷きで待っている。他家を訪問する時刻ではないものの、相州屋を包んでいる異常に気づかぬはずはない。それに、仁左に似た武士を江戸城本丸御殿のおもて玄関先で見かけたことを、染谷は奉行から、玄八は染谷から、すでに聞いている。

さっき伊佐治の眠る居間で、忠吾郎と仁左は話し合ったものである。

「──旦那、あの二人なら、話せばわかってくれやしょう。場合によっちゃあ、合力してくれるかもしれやせんぜ」

「──そうかもしれねえ。そこに賭ける以外ねえようだ。それにな、こんな時分に来た理由《わけ》も知りてえ。神明前の騒ぎを嗅ぎつけたわけでもあるめえ」

忠吾郎と仁左はふたたびうなずきを交わし、仁左が板敷きに出た。

「すまねえ、待たせて。ちょいと取込みがあったもので。さあ、こちらへ」

「こっちこそすまねえ。なにやら取込み中に来たようで。ちょいとおめえさんらに用があって、早《はえ》えほうがいいと思うてなあ」

自分の家のように、手燭《てしょく》を手に廊下を奥へ案内しながら言う仁左に、染谷は返した。仁左は瞬時、

(えっ。昨夜の一件、奉行所はつかんだか)

思った。

染谷は染谷で、

（この仁《じん》、羅宇屋に扮《ふん》しているが、お奉行の言うように徒目付《かちめつけ》なのか）

と、目の前の仁左の肩に思っている。疑念といったようなものではない。これまで幾度も、相州屋とは共に戦い、悪党を潰《つぶ》して来た。逆に、頼もしく思っているのだ。

仁左は立ちどまり、

「入《へえ》ってくだせえ」

廊下から居間のふすまを開け、中を手で示した。

入った。

「これは！」

「えぇえ！」

染谷と玄八は同時に声を上げた。蒲団の中の人物は顔に白布がかけられ、ひと目で死人《しびと》とわかる。枕元のほうには灯明が灯され、線香の煙が揺らいでいる。

そこに忠吾郎があぐら居に座しており、

「見てくだせえ」

と、白布をめくった。

「な、な、なんと！」

「伊佐治どん!?」

また二人同時だった。枕元へ崩れるように座りこみ、伊佐治の死顔を凝視し、

「これはいったい？」

染谷は忠吾郎のほうへ顔を上げた。

「聞いてくだせえ。詳しく話しまさあ」

仁左が言い、双方は伊佐治の遺体を挟《はさ》み、向かい合うようにあぐら居になった。

きのう昼間、おクマと一緒に神明前の賭場の部屋に上がり、夜になってから伊佐治と一緒に客を装って行き、その丁半の場に、弥勒屋勝太夫はむろん、番頭の与次郎が連れこんだ若者二人のいたことも語った。

「相州屋さんは、すでにそこまで！」

驚きの声を染谷は吐き、玄八も驚愕の態《てい》でうなずいている。

外に出てから、千太という若者と伊佐治が殺された経緯も、もちろん千太と万吉が与次郎を襲おうとした動機も、すべてありのままに語り、

「生き残った万吉というのは、いま裏手の寄子宿にいまさあ」

と、仁左は万吉の語った弥勒屋のやり口も、神谷町の大黒屋ですでに幾人か殺

されている話も、詳しく語った。

仁左の語っているあいだ、染谷と玄八は幾度も顔を見合わせ、うなずきを交わし合っていた。

話し終えると、染谷と玄八は伊佐治の亡骸に合掌《がっしょう》した。

染谷が意を決したように顔を上げ、

「旦那、いま寄子宿にいるという若者、万吉と申しやしたかい。奉行所《うち》で預からせてもらえやせんかい。弥勒屋をお白洲《しらす》に引き出す、生き証人にしてえんで」

隠密廻り同心よりも、いまの身なりにふさわしい伝法《でんぽう》な口調で言った。玄八もうなずいている。

忠吾郎は即座に返した。

「できねえ。万吉はいま、相州屋《うち》の寄子だ」

「そのとおりだぜ、染どん」

すかさず仁左がつないだ。

伊佐治の遺体を挟み、双方のあいだに緊張の糸が張られた。

話題を変えようとしたわけでもないが、仁左が口を開いた。

「染どんに玄八どん。さっきおめえさんら、俺たちに用があって来たと言ってなすったが、それを聞かせてもらいやしょうかい」

「おお、それよ。こんな夜時分に来るなんざ、おかしいと思っていたのだ。どんな用なんでえ」

忠吾郎もあとをつないだ。

染谷は言いにくそうに話した。横で玄八は小さく肩をすぼめたようだ。

「つまり、驚きやした。伊佐治どんのことは気の毒でなりやせんが、さすが相州屋さんは、奉行所の数歩先を進んでいなさる」

玄八がさらに小さくなるように肩をすぼめた。

忠吾郎は強い口調になり、

「焦《じ》れってえぜ、隠密の。俺たちゃあ、これからまだ大事《でえじ》な用があるんだ」

「えっ」

かすかに声を上げたのは玄八だった。

「ならば」

と、染谷は語った。

それによれば、北町奉行所の定町廻り同心が、神谷町の大黒屋と恵比寿屋という木賃宿が本来の宿ではなく、人足寄せ場のようになっており、定町廻り同心に

ついている岡っ引が、実際に住んでいる者に聞き込みを入れようとしたが、

「いずれもなにかを恐がり、口をつぐんでしまい、なにも聞き出せない、との報告がありやした。それでお奉行が俺に、弥勒屋と係り合いがないか調べろとのご下知《げじ》がありやしたので。このさきは玄八が」

「へえ。あっしがそばの屋台を担いで聞き込みを入れやした。近くを通った人足に声をかけると、金がねえから、と客にはなってくれやせん。訊くと、博奕で借金をつくり、木賃宿に送りこまれた、と。それでそばをタダにして訊こうとしやすと、逃げるように離れてしまいやした。近くを、弥勒屋の半纏を着こんだ与太が二人、通りかかったのでさあ」

「そのことでございやすが」

と、そのさきをまた染谷がつないだ。

「神明前に常設の賭場が立っているのは、俺も知っていまさあ。そこに行けば、弥勒屋の影も見えるのではないかと思い、それを仁左どんと伊佐どんに頼もうと思って来てみたところ、このようなことになっておりやして……。伊佐どんにはもう、なんと言ってよいやら」

「染谷よ」

「へえ」

忠吾郎が厳《おごそ》かな口調で言ったのへ、染谷はへりくだるような返事をした。染谷から忠吾郎を見れば、お奉行の親族であるばかりか、こたびの件でも二歩も三歩も前を進んでいたのだ。

忠吾郎の声はつづいた。

「おめえらも神明前の賭場に目をつけたのは褒《ほ》めてやるぜ。だがな、わしから見りゃあ、普請奉行の黒永豪四郎がどうのなどはどうでもいいのよ。弥勒屋が人宿の名を騙《かた》っていやがるのが、成敗しなきゃならねえ第一の理由よ。仁左どんはそれを解ってくれてらあ。染、おめえも隠密廻りで市井《しせい》に身を置いているのなら、わかるんじゃねえのかい。わしはそこをおめえたちに期待してえのよ」

「成敗？　お白洲でじゃなくってですかい」

染谷が問いを入れたのへ、聞き役になっていた玄八が、

「あっ、やっぱり伊佐どんの仇討ちを！　いつ、いつですかい」

さきほど忠吾郎が強い口調で〝これからまだ大事な用がある〟と言ったとき、玄八はそこに気づいたのだ。

仁左が応えた。

「今宵、これからだ」

「なんですと！」

染谷は驚き、

「二人でですかい。旦那も仁左どんも、人を殺《あや》めなさるか？　よしてくだせえ、そんなこと。助っ人はできやせんぜ」

「染、おめえらしくねえなあ」

「いえ、俺らしく申し上げているのでさあ。向こうは一家を構え、数もそろってまさあ。なんの用意もなく、無謀じゃござんせんかい。よしんば首魁《しゅかい》の勝太夫を討ち取ったとしやしょう。無事に帰れますかい。それにやつら、お奉行にすりゃあ、若年寄の内藤紀伊守さまから下知された、黒永豪四郎なる普請奉行を挙げるための、大事な生き証人になるんですぜ。それだけじゃござんせん」

珍しく染谷は声を荒らげた。

「神明前に今宵、店頭が不意にいなくなったとしやしょう。あしたからあの土地はどうなりやす」

「うっ」

忠吾郎は返答に詰まった。仁左も同様だった。

大門の大通りを挟んだ、増上寺門前の店頭たちは動揺するだろう。一人が野心を持てば、他の店頭たちも黙ってはいまい。あるいは、いずれかから他の勢力が入って来ようか。しばらく神明前は無秩序な状態がつづき、血を見るのは昨夜の比ではなくなり、参詣客は遠ざかり住人も安心して町を歩くこともできなくなるだろう。

伊佐治の突然の死という衝撃に、忠吾郎も仁左も、そこまで考える余裕を失っていたようだ。それこそ、

「旦那らしくもねえ。仁左どんもだ。二人そろって、いってえどうなされたんですかい」

かたわらで、玄八もうなずいていた。

伊佐治の遺体を前に、染谷はつづけた。

「そりゃあ俺も悔《くや》しいですぜ。ですが、今宵は思いとどまってくだせえ。ともかくあした、野辺送りが終わってからでよござんす。お奉行に会ってくだせえ。段取は俺が間違《まちげ》えなくつけやす。万吉とやらの身柄を預からせろなど、もう申しやせん。それは俺が責任を持って、お奉行に話しておきまさあ。ともかく、あした」

「ふむ」

忠吾郎はうなずき、心中につぶやいた。

(すまねえ、伊佐治。仇は必ずわしと仁左で)

むろん仁左も、おなじ思いである。

二人の表情から、染谷はそれを読み取った。


染谷と玄八が帰るとき、忠吾郎と仁左は玄関まで見送った。

街道は人気《ひとけ》のない暗い空洞となっている。

二人とも提灯を手にしている。歩を進めながら、玄八が言った。

「きょう来てよかったでやすねえ」

「さよう。危機一髪《ききいっぱつ》だった」

染谷は武士言葉になっていた。脇差を帯びた遊び人姿でも、ふところには十手《じって》が入っている。

「大丈夫でやしょうか」

玄八の心配げな言葉に、染谷は応えた。

「大丈夫だ、あの二人なら。一時的に分別を失っていただけだ」

「ですが旦那。そのときが来れば、助太刀《すけだち》に出てもよござんすかえ」

「俺もそうしてえぜ」

染谷はまた伝法な口調に戻った。

その夜、仁左は長屋に戻らず、居間で忠吾郎と伊佐治の遺体を挟んで寝た。

蒲団をかぶり、灯明の揺らぐなかに仁左は言った。

「呉服橋の大旦那は、弥勒屋の始末に目を瞑《つむ》ってくれやしょうか」

「わからねえ。だがわしは決めているぜ。仇はわしとおめえの手で……。異存はあるめえなあ」

染谷は奉行所の役人の立場に立っていたが、仁左も似たような徒目付であろうことを踏まえての、念を押すような問いだった。

仁左は返した。

「むろんでさあ」

六

翌朝、相州屋に人の出入りは多かった。伊佐治の野辺送りである。

――きのう深夜に、不意に心ノ臓が差しこみ
忠吾郎の差配《さはい》は徹底していた。日時も一日ずらしている。

茶店の内側の縁台に、染谷と玄八が座り、茶をすすっている。奉行の忠之の都合を忠吾郎に伝え、出棺《しゅっかん》を見送るだけに来たのではない。弥勒屋の与次郎が高輪の大木戸に出向くころに、出棺が重なっていたのだ。

「――お沙世ちゃん、すまねえ。同業の番頭とかいうのが通りかかったら、ちょいと引きとめ、そっと染どんと玄八どんに知らせてやってくんねえ」

仁左がお沙世に頼んでいた。

お沙世は、染谷が隠密廻り同心で玄八がその岡っ引であることを知っている。だが、昨夜、相州屋に来たことは知らない。

「――えっ、どうして?」

と、お沙世は首をかしげた。伊佐治の死亡の日を一日ずらしたことにも、小首をかしげていた。なにかに気づきはじめている。だが、与次郎に自然体で接触させるには、まだ詳しい事情を話すわけにはいかない。おクマとおトラも、伊佐治の死亡の真因を知らないのだ。一日ずらしたのは、仁左と伊佐治がご法度《はっと》を犯し、賭場に行ったことを隠すためと解している。

仁左は忙しそうに、相州屋の玄関を出たり入ったりしている。

「おっ」

と、外に出ようとした足をとめ、身を引いた。

街道から茶店の暖簾の内側が、薄暗くて人がいるのはわかっても、顔までは見えないのと同様に、相州屋も腰高障子を開け放していても、外から内側は見えにくい。

与次郎の姿が見えたのだ。相変わらず、きちりとした実直なお店者の身なりである。本来なら昨晩、葬っていたところなのだ。

（やつめ）

と、その実直そうな身なりに、仁左は腹立たしさを感じた。

見ていると、お沙世が呼びとめるよりも与次郎のほうから声をかけたようだ。お沙世が縁台を手で示している。座ってお茶でも、と言っている風情《ふぜい》だ。それが染谷たちへの合図だった。

茶店の内側の縁台では、声も聞こえる。

与次郎は座らず、立ったまま話している。そのほうが染谷たちには都合がよかった。与次郎は店に向かって立っているから、顔がはっきり見える。お沙世も、そうなる位置に立っている。

玄八が低声《こごえ》で言った。

「あの野郎、知っていやすぜ」

すでに玄八は、屋台のそば屋の形《なり》で神明前を幾度か探りに入っている。

「しっ」

染谷が低く叱声《しっせい》を吐《は》いた。

聞こえる。

「お向かいさん、不幸でもありましたのか」

「はい。あそこも人宿で、きのうですよ。寄子《よりこ》さんが一人、心ノ臓が急に差しこんだとかで、お医者を呼ぶ間もなく息を引き取ったらしいですよ」

「きのうですか。へぇえ、寄子のために人宿が葬式を。で、死んだのはどんな人で？　姐《ねえ》さん、知っていなさる人ですか」

「お国は知りませんが、まだ若いお人でしたよ。可哀相《かわいそう》に」

お沙世は正真正銘《しょうしんしょうめい》、伊佐治の死を悼《いた》んでおり、話し方にもそれがにじみ出ている。その言葉に疑いの余地はない。

「さようですか。気の毒なことですねえ」

与次郎は言うとそれ以上の関心を示さず、相州屋のほうに向き鄭重《ていちょう》に両手を合わせ、茶店の前を離れた。相州屋玄関口の仁左も、茶店の中の染谷と玄八も、与次郎がお沙世にそれ以上詳しく訊くようすのなかったことに、

(なにも気づいていないようだ)

おなじ判断をした。

「帰りもお立ち寄りください」

お沙世の声は仁左にも聞こえた。

「大《てえ》した役者だぜ」

仁左は合掌する与次郎につぶやいた。

茶店の中では染谷が、

「うううっ」

「旦那、わかりやすぜ」

うめいたのへ、玄八が慰《なぐさ》めるように言った。

この場で与次郎を取り押さえ、万吉を証人に立てれば、弥勒屋の悪事と黒永とのつながりを暴《あば》くことができるのだ。だがそれでは、忠吾郎と仁左の気が収まらないことを、染谷も玄八もわかっている。自分たちも、伊佐治の死が悔しくてな

らないのだ。

お沙世が店の中に戻って来て、

「これでよかったのですか」

言いながら、なにやら解《げ》せない表情になっていた。無理もない。なにも聞かされていないところへ、隠密廻り同心とその岡っ引までが出て来たのだ。

出棺である。番頭の正之助が先頭になり、忠吾郎と仁左が棺桶を担いだ。おクマとおトラも、相州屋の奉公人と一緒に列に加わり、伊佐治を知っている町の者も幾人か加わった。お沙世もむろん、店を年寄りに任せ、葬送の一人となった。万吉も首をうなだれ、そこに加わった。行く先は三田《みた》の寺町《てらまち》で、おクマとおトラが商いの範囲にしている土地《ところ》だ。遠くはない。

茶店の前で染谷と玄八は、一行に神妙に手を合わせ、引き揚げた。

奉行の榊原忠之が忠吾郎と会うのは、きょう夕刻である。その時分なら葬儀も一段落し、金杉橋の浜久に出向くことができる。忠之はきょうも登城することになっており、夕刻しか時間が取れなかったのだ。きょうは忠之には染谷と玄八が従い、仁左も忠吾郎に同行することになっている。今宵が、弥勒屋に係り合っているすべての面々がそろう、初めての談合となるのだ。

染谷たちは帰りに浜久に立ち寄り、時刻と人数を告げ、その足でふらりと神明宮に参詣し、事件現場になった往還も歩くつもりである。場所は仁左から聞いている。

北町奉行所に帰れば、今宵の談合にそなえ、定町廻り同心に訊いておかねばならないことがある。神谷町の大黒屋と恵比寿屋が怪しいと嗅ぎ出したのは、定町廻り同心である。そのあとなにか新たな動きをつかんでいるかもしれない。

七

染谷と玄八が、街道から神明宮の鳥居の下まで延びている通りに入ったのは、すでに午《ひる》近い時分になっていた。街道からは枝道であっても、そこは繁華な神明宮門前町の表通りである。

そこを粋《いき》な小銀杏《こいちょう》の髷《まげ》に、着物は着ながしで黒羽織《くろばおり》を着け、大小を落とし差しにした定町廻り同心が歩を踏めば、店頭一家の者がすぐさま目をつけ、脇道にでも入ろうものなら、

『へへ、旦那。なにかお捜《さが》しですかい。お手伝いさせてくだせえ』

と、ぴたりと寄り添い、町を出るまで離れないだろう。

染谷は隠密廻り同心で遊び人を扮《こしら》えている。玄八は年老いた町衆の形《なり》である。悠然《ゆうぜん》と歩くことができる。それでも、店頭一家に染谷の顔を知っている者がいるかもしれない。用心のため、二人は離れて歩いた。一緒に歩けば、玄八もその類《たぐい》と顔を覚えられてしまうかも知れないのだ。

神明宮への参詣をすませ、石段を下りてふたたび繁華な通りに歩を進めた。

「ん?」

と、前方を歩く小柄な武士が、染谷の目にとまった。袴《はかま》を着け、笠をかぶっている。髷は総髪のようだ。中間《ちゅうげん》を一人ともなっている。門前町の通りを、中間をともなった武士が歩いても、なんら不思議はない。すでにこの通りでも神明宮の境内でも、幾人かの武士とすれ違い、女中を連れた武家の妻女と思われる参詣人も見かけている。

だが、なぜか前方の小柄な武士のみが、目にとまったのだ。なにかが異なる、それがなにかと問われても、答えようがない。ともかく、異様な雰囲気を、染谷は感じたのだ。

自然、染谷の足は、その武家主従を尾《つ》けるかたちになった。三間《げん》(およそ五米《メートル》）ばかりの間合いをとって、そのあとにつづいた。その染谷のうしろ三間ほどに、玄八が歩を取っている。

小柄な武士主従は、あの木賃宿の前で立ち止まり、武士は笠の前を上げ、その木賃宿を見つめた。供を連れた武士が木賃宿に……やはり何か不自然だ。武士はすぐに笠の前を下げ、歩きはじめた。

（どうしたことだ）

と、染谷は武士主従の歩に合わせた。

「え？」

低い驚きの声を上げた。武士主従の足は、染谷たちが行こうとしていた裏手の、あの一膳飯屋のある通りに入ったではないか。一膳飯屋の前でも、武士と中間は立ち止まり、すぐに歩き出した。千太が斬り殺され、伊佐治が刺された現場を通った。武士主従はそこに関心がないのか、立ち止まることも、歩をゆるめることもなかった。もっともそこには、なんの痕跡もないのだ。

ふたたび繁華な表通りに出ると、主従は街道に向かった。その道順のすべてが、染谷と玄八が予定していたものである。

街道に出た。

染谷には推測するものがあった。神明前を離れると、もう間合いをとって歩く必要はない。

「旦那」

と、玄八が染谷に追いつき、

「せめて血の流れたあの場所では、手を合わせとうござんしたぜ」

「ふむ」

染谷は歩きながらうなずき、

「玄八」

「へえ」

「俺の前をな、中間を従えた小柄な武士が歩いていたのに気づかなかったか。笠をかぶっていたが」

「ああ、そういえばそんなのがいやしたねえ。それがなにか」

玄八とはかなり離れていたことになる。そのせいもあろうか、とくに意識したわけでもなかったようだ。

「いや、なんでもない。さあ、奉行所へ戻るぞ」

「へえ」

二人は街道に歩を進めた。

奉行所に戻り、染谷は定町廻りの同輩に、神谷町の件を訊いた。

「なにゆえ隠密廻りがさようなことを訊く」

と、嫌《いや》な顔をされただけだった。神谷町の大黒屋と恵比寿屋を怪しいと睨んだのはさすがだが、定町廻りは、そのあと積極的に大黒屋と恵比寿屋に手をつけてはいないようだ。もっともこの件で奉行から探索を命じられたのは、隠密廻りの染谷結之助だけであり、しかも秘密裡にと下知されているのだ。

奉行の帰りを待った。

お城から権門《けんもん》駕籠《かご》の一行が戻って来たのは、陽が西の空にかなりかたむいてからだった。このあと、奉行の忠之は衣装をあらため、遊び人姿の染谷を供に金杉橋に行かねばならない。岡っ引の玄八は、正面門の門番詰所《つめしよ》の横にある、同心に用があって訪ねて来た町人が待つことになっている同心詰所に入っている。岡っ引は奉行所の正規の役職ではなく、中には入れないのだ。

出かけるまえに、染谷は奉行の忠之に質《ただ》した。

「お城のお目付は、独自に徒目付を神明前に入れているのでございましょうか」

「ふむ」

忠之はうなずき、

「入れているとすれば、相州屋の仁左がそうではないのか。それ以外は儂《わし》も知らぬぞ。支配違いというわけではなかろうが、目付の青山欽之庄どのとはきょうもお城で会《お》うたが、なにも言っておらなんだが」

応えた。

染谷は、あの武士主従を徒目付ではないかと踏んだのだ。

奉行も知らないとなれば、染谷にはますます判らなくなった。ともかく染谷はあの小柄な武士に、違和感を覚えたのだ。しかも主従は、明らかに弥勒屋を意識しての動きだったのだ。

そろそろ出かけなければならない刻限だった。

三人は奉行所を出た。忠之はいつものお忍びの、着ながしに深編笠《ふかあみがさ》のいで立ちである。

昨夜、染谷から事件を聞き、伊佐治が殺されたことには驚いたものである。加えて、忠吾郎と仁左が仇討ちに出ようとしていたことには仰天した。

染谷の報告を受けたとき、

「――ふむ。よく止めてくれた」

と、褒めたものだった。危うく、生き証人になる二人を、死なせるところだったのだ。

だが、きょう登城したことにより、事情は異なってきた。忠之はそれを染谷と玄八には、まだ話していない。浜久での談合で、直接忠次こと忠吾郎に話すつもりでいる。

さらに忠之は、伊佐治が弥勒屋の手の者に殺されたことへの、忠吾郎と仁左の怒りと無念も、じゅうぶんに理解している。忠之の脳裡では、忠吾郎はもとより、仁左にも武士の血が流れている。武士にとって、仇討ちは正義であり、義務でもあるのだ。

八

夕刻近くとなり、街道はきょう一日の仕事を終えようと、人も荷も慌《あわ》ただしさを見せている。三人の足が神明宮への枝道の前を踏んだとき、忠之は深編笠の中から視線を神明前の町場にながし、

「この奥でのう」

「さようで」

染谷は身なりにふさわしい言葉で応じた。年寄りを扮えている玄八も、深刻な表情でうなずいた。

三人が金杉橋を渡ったとき、陽は西の空に落ちようとしていた。

忠之は顔をさらさぬように、暖簾をくぐってから深編笠のあご紐《ひも》を解いた。すかさず女将《おかみ》のお甲が玄関まで出て来て、

「札ノ辻の旦那、もうお越しです。お供はお一人だけで」

小料理屋が客を迎えるにはふさわしくない、翳《かげ》りを刷《は》いた表情で言った。暖簾をくぐった三人も同様である。札ノ辻ではきょう葬儀があったばかりで、一行三人はいましがた、その殺しの現場となった近くを経て来たのだ。

廊下を一番奥の部屋に案内され、

「やあ」

と、あぐらを組んでいた忠吾郎こと忠次はそのまま迎え、仁左は端座に座りなおした。忠之は、

「一人、足りぬのう」

言いながら忠吾郎の前にあぐら居に腰を下ろし、

「さあ、おまえたちも。仁左も足をくずせ」

その言葉に、仁左はあぐらに戻り、染谷と玄八もあぐら居に腰をおろした。

いつものようにとなりは空き部屋にしており、夕餉《ゆうげ》の膳を運ぶ以外に仲居が部屋に近づかぬよう、二張《ふたはり》の行灯にはすでに火が入れられていた。お甲の気遣いである。

「忠次、わかるぞ。それに仁左、おぬしは現場から、うまく伊佐治の亡骸《なきがら》を持ち帰ったそうじゃのう」

「へえ」

深刻な表情で言った忠之に、仁左も深刻な顔で返した。

「そのことじゃが」

と、そのまま忠之は忠吾郎と仁左へ交互に視線を向け、話を進めた。部屋は湿《しめ》ったような空気に覆われている。

「もし、おまえたち二人の企《たくら》みが決行されていたなら、いまごろ神明前の一帯は大騒動になっていたところじゃろ」

忠之は染谷から詳しく聞き、事態をじゅうぶんに把握している。

忠吾郎と仁左はかすかにうなずきを見せ、忠之は話をつづけた。

「実は、きょうも若年寄の内藤紀伊守さまから城中に呼ばれたのじゃが、用件はむろん、普請奉行の黒永豪四郎の一件じゃった。目付の青山欽之庄どのも一緒でのう、勘定《かんじょう》奉行の村垣淡路守定行《むらがきあわじのかみさだゆき》さまもご同座なされた」

「えっ」

と、忠吾郎は低く驚きの声を洩らした。勘定奉行まで乗り出していたとは、想像以上に柳営《りゅうえい》（幕府）はこの件に深く取り組んでいるようだ。

ならば、勘定奉行や若年寄からすれば、首魁《しゅかい》は普請奉行の黒永豪四郎であり、町場の店頭など大事な生き証人にはなろうが、その処断などは市井のきわめて些《さ》細《さい》なことでしかないだろう。だが忠吾郎にとってのそれは、引くに引けない重大事なのだ。仁左にとっても、それは同様である。二人は忠之の、忠吾郎に似た顔を凝視《ぎょうし》し、つぎの言葉を待った。

忠之はつづけた。

「淡路守さまはのう、普請奉行の役職に似た作事奉行から勘定奉行に就《つ》かれたお方で、普請奉行の役務が町場と深く係り合うことを、よう知っておいでじゃ。つまり、町場での探索を急げということじゃった」

「兄者《あにじゃ》、それなら手証《てしょう》はすでに掌中《しょうちゅう》に押さえておるぞ。したが……」

忠吾郎は言いかけた言葉を呑みこんだ。仁左もうなずきを入れた。弥勒屋を奉行所のお白洲に座らせるよりも、

(わしらの手で)

その思いは、二人とも消えてはいないのだ。

「まあ、聞け」

忠之は兄らしく忠吾郎を手で制し、

「城中ではのう、お目付のほかに勘定方吟味《ぎんみ》役までが駆り出され、相当に探索を進めておったようじゃ。したが、あのお方らは方途を知らない。高飛車《たかびしゃ》に詮議《せんぎ》の手を伸ばしてのう」

「それでは、内密の意味がなくなりますが。いや、なくなりやすが」

言ったのは仁左だった。わざわざ伝法な口調に言い変えたのへ、忠之は視線をちらと向け、

「さよう。多くの手証は得たものの、詮議が自身にも及ぼうとしていることが、当人にも覚《さと》られてしもうたようなのじゃ。黒永豪四郎め、まだ逃げ切れると思うておる。勘定方吟味役にまで賄賂《まいない》をなあ」

「なんと図々しい」

忠吾郎はあきれ顔になった。

忠之はつづけた。

「そうした賄賂の供給源は、ほれ、町場で神明前の弥勒屋じゃ。おまえたち、それをすでに探り出したではないか。仁左よ、おぬしの手柄は大きいぞ。伊佐治の死という、大きな代償を払ってしまったがのう」

「はっ」

思わず仁左は返し、あぐら居のまま両の拳を畳についた。武士の仕草である。

忠之はそれを見つめ、さらにつづけた。

「その手柄によって、博奕で集めた人足にタダ働きをさせ、普請奉行はつぎつぎと弥勒屋に仕事をまわし、お城から出た金がまた普請奉行に戻って来るというからくりがようわかった。弥勒屋も潤《うるお》ったことじゃろ。あとは生き証人じゃ。むろん、弥勒屋勝太夫と番頭の与次郎とやらをお白洲に引き据えれば、それに超したことはない。したがここまで来れば、普請場でタダ働きをさせられていた人足の四、五人もおればじゅうぶんじゃ。神谷町の大黒屋とか恵比寿屋とかいう人足寄せ場には、そうしたのがごろごろいるというではないか」

「それにつきましては、定町廻りに下知されれば、全員を確保するのは容易かと思います。その者たちには、賭博の嫌疑《けんぎ》がかけられます。ただしお奉行、詮議ではじゅうぶんなお目こぼしを」

染谷が遊び人の身なりに似合わない口調で言ったのへ、忠之は、

「心得ておる。弥勒屋のやり口の生き証人になってもらうだけじゃからのう」

「ならば、お白洲に勝太夫や与次郎の姿がなくてもよろしいので？」

仁左がまた言った。

染谷と玄八は顔を見合わせた。きょうの朝、仁左とお沙世の計らいで、与次郎の面を確認したのだ。

忠之は返した。

「そういうことになるのう」

「兄者！」

思わず忠吾郎は上体を忠之のほうへかたむけた。忠之は、仇討ち勝手次第《かってしだい》と言ったのだ。

「あはは」

と、忠之は笑顔になり、

「さいわい、あそこは寺社の門前じゃ。町奉行所の支配地じゃが、実際にはそう

ではない。なにが起こっても、奉行所は手が出せぬわ。したが、染谷と玄八」

「はっ」

二人はあぐら居の膝を忠之のほうに向けた。

忠之はあらたまった口調になった。

「おまえたち、忠次と仁左に合力してやれ。間髪《かんはつ》を容《い》れず、定町廻りに命じ神谷町の大黒屋と恵比寿屋に打込まねばならぬからのう」

「はーっ」

染谷と玄八は畏《かしこ》まって返した。

きのうとは、まったくようすが異なった。それに、奉行が直接岡っ引に下知するなど、通常ならあり得ないことである。無礼講《ぶれいこう》な浜久の座敷だからこそであろう。忠之が城内の動きを睨み、これまでとは逆に、忠次こと忠吾郎をけしかけるかたちになったのだ。

ここで話は一段落ついた。

部屋はすでに、行灯の灯りのみとなっている。

「あ、そうそう」

と、染谷が思い出したように言った。

「きょう午前《ひるまえ》、札ノ辻からの帰り、玄八と一緒に神明宮に参拝しましてなあ」

と、中間を連れた小柄な武士の一件を話し、

「奉行所の者ではないし、徒目付が放たれているといったようなことは聞いておらんかなあ」

と、さりげなく仁左に視線を向けた。忠之も、あらためてちらと仁左に視線をながした。

「えっ、なんで俺に？」

仁左はドキリとしたように返し、

「小柄な武士？　知りやせんぜ、そんなの。気になったってんなら、それこそ染どんの気のせいじゃねえですかい」

伝法な言いようで返し、首をかしげた。実際、仁左に心当たりはない。だが、染谷が言うのでは気になる。それは、表情にもあらわれていた。

「ふむ。染谷の気のせいかもしれぬのう」

忠之は言い、この話はそれで終わった。だが、染谷と仁左は共通の疑問を脳裡に残したままとなった。

座を締めくくるように、忠之は忠次こと忠吾郎に言った。

「おまえのことじゃ。門前町で店頭が不意に消えたあと、騒動が起こらぬよう、算段できようなあ」

忠之も、寺社門前の特質は知っている。

きょうの座で忠吾郎の口数が少なかったのは、忠之に言われるまえから、脳裡に仇討ちの方途を算段していたからである。

忠吾郎は応えた。

「できるだけのことは」

「いつ、やりなさる」

染谷が問いを入れた。仇討ち決行の日である。

「動くのは今宵から。決行はあすの夜」

「ほっ」

と、仁左がわが意を得たようにひと息洩らした。

三　敵の敵は味方

一

　さきに部屋を出た玄八が戻って来て廊下から、

「駕籠《かご》を連れてまいりやした」

　部屋に声を入れた。

「それでは、待っておるぞ」

　意味ありげな言葉を残し、榊原忠之と染谷結之助が腰を上げ、部屋を出た。

　玄八はまた外に出て、町駕籠を見送ったか、すこし間を置いて部屋に戻って来た。駕籠には染谷が従ったようだ。

　部屋に戻った玄八は、すぐに忠吾郎、仁左と一緒に浜久を出た。

玄関の外まで出て三人を見送った女将《おかみ》のお甲は、

「なにやらお忙しそうですねえ」

言ったものである。実際三人は忙しかった。伊佐治の葬儀《そうぎ》を終えたばかりというのに、これからさらに忙しくなろうとしているのだ。

三人の足は金杉橋を渡り、古川の増上寺側の土手道に入った。三人とも提灯《ちょうちん》を手にしているから、人に隠れた動きではない。増上寺側の土手を上流に進めば、すぐ弥之市一家の縄張《しま》である中門前三丁目に入る。三人の足は、そこに向かっている。夜道に用心深く歩を踏みながら、忠吾郎が言った。

「呉服橋の兄者《あにじゃ》も、門前町の性質《たち》をよう知ってござるわい」

「そりゃあもう。どこの門前町も奉行所にとっちゃ、鬼門《きもん》みてえなもんでやすから。きょう昼間、染谷の旦那《だんな》と神明前を歩いたとき、ひやひやもんでやしたよ」

玄八が返したのへ、仁左が問いを入れた。

「さっき部屋で染どんが言っていた、小柄な武士ってのは、どんな具合だったのだい」

「ああ、あれでやすか。確かにそんなのがいやしたが、あっしは離れていたもんで、さほど詳しくは見ていやせん」

「そうか」

仁左は返した。その武家主従に染谷がかなりの疑念を残しているとあっては、それが仁左の脳裡《のうり》からもなかなか離れない。

話しているうちに、三人の足は中門前三丁目に入った。増上寺の門前町でもそこは場末のうらぶれた土地で、小さな飲み屋の灯《あか》りがぽつぽつと見える程度だ。

玄八の影が消えた。奉行所の同心の手先であれば、やはり店頭《たながしら》の縄張に踏込むのはどうも気が引けるのだ。忠吾郎と仁左も、店頭一家に顔を出すのに、岡っ引が一緒では、

『えっ。相州屋さん、お上《かみ》とつながってるのか』

などと思われかねない。実際つながっているのだが、奉行所にとって寺社の門前町が鬼門なら、店頭たちにとってもお上は鬼門なのだ。その店頭とのつき合いで、相州屋はあくまで町衆として町場に屹立《きつりつ》する人宿でなければならないのだ。

実際、忠吾郎はそれを求めて十年ほどまえに人宿を開き、そうありつづけた。そこへ実兄の榊原忠之が北町奉行に就任したものだから、隠密廻り同心の染谷結之助が相州屋に出入りしはじめ、お上と無縁ではいられなくなったのだ。

忠吾郎と仁左が訪《おとな》いを入れたのは、伊佐治を運ぶのに荷舟を出してくれた弥

之市一家の住処《すみか》だった。玄関で迎えたのは、代貸《だいがし》の辛三郎だった。

「おおう、これは仁左どん。来ると思ってたぜ。さあ、上がってくんねえ。詳しく聞こうじゃねえか」

と、目を細めた。辛三郎は伊佐治の遺体を札ノ辻近くの海岸まで運んだとき、〝助《すけ》っ人《と》が必要なときには、いつでも〟と、仁左に言ったのだ。忠吾郎も一緒なのに気づくと、

「これは旦那まで!」

と、緊張の態《てい》になった。仁左だけでなく、相州屋の亭主までこんな時分に出て来るとは、

(相当、切羽詰《せっぱつ》まった……、しかも重大な……)

それを感じたのだ。

店頭の弥之市も玄関に出て来た。

若い衆がすぐに奥の部屋に座を設け、お茶の準備にかかった。

となりの中門前二丁目の権之助《ごんのすけ》一家が、上方《かみがた》からながれて来た凶賊・蓑虫一味と結託したとき、相州屋は三丁目の弥之市一家と合力《ごうりき》し、これを叩《たた》き潰したのだった。そのとき中門前二丁目が周辺の店頭たちの草刈り場となり、流血の抗争に

陥るのを防いだのが、増上寺の門前でも一等地の片門《もん》前一丁目の店頭、壱右衛《いちえ》門《もん》だった。壱右衛門は近隣の店頭に呼びかけて寄合《よりあい》を開き、中門前二丁目はしばらく三丁目の弥之市預かりとすることで話をつけたのだ。今年秋のことだったが、二丁目の弥之市預かりはいまなお平穏につづいている。弥之市はまわりから〝裏仲《うらなか》の弥之市〟と呼ばれ、増上寺の門前でも最も隅《すみ》にあって、なんらの野心も持ち合わせていないことを、近隣の店頭たちは知っているのだ。弥之市は風貌《ふうぼう》からして、柔和《にゅうわ》な丸顔で人もやわらかいのだ。

増上寺門前の面々は、空白の土地ができてもその対処法を知っている。

奥の部屋に、四人はあぐら居で向かい合った。あの節は、などといった挨拶《あいさつ》言葉などない。伊佐治の遺体運びに、なにも聞かずに合力している。弥之市も辛三郎も、この日が来るのを待っていたのだ。いずれもが真剣な表情のなかに、忠吾郎が口火を切った。

「きょう、伊佐治の葬儀を終えやしてなあ。ご覧になったように、刺されたのでさあ。殺《や》ったのは、神明前の弥勒屋だ」

「えっ」

「また、どうして」

弥之市と辛三郎は驚きの声を上げ、仁左がつないだ。

「あそこの賭場《とば》の帰《けえ》りでやした。ちょいと神明前に伊佐治どんと遊びに行きやして、まあ、大勝ちしたのでさあ。いえ、それが原因じゃござんせん」

と、そのときの状況を詳しく語った。

「なるほど、あのとき一緒にいたのが、その若い衆でしたかい。みょうにおどおどしていると思いやした。まったく伊佐治どんは、とんだとばっちりを受けなすったもんで。腹が立つほど同情しやすぜ」

「で、その若い衆二人が弥勒屋の番頭、与次郎といいやしたねえ。そやつを襲おうとしたのはなぜですかい」

代貸の辛三郎がようやく伊佐治の死因を知って同情を示したのへ、店頭の弥之市がつなぐように問いを入れた。

仁左は状況を脚色なく語ったが、なぜ神明前の賭場に行ったかは省略した。隠す意図はないといえば嘘《うそ》になる。だが、弥之市も辛三郎も敢《あ》えて訊かなかった。この世界では、賭場に出入りするのに理由はない。訊くほうが野暮《やぼ》になる。だから忠吾郎も仁左も話しやすいのだ。

増上寺門前の店頭たちも、それぞれに賭場を持っている。広い町場で林立し、いずれもがとなり合っているため、日がかぶらないように互いに調整し合って開帳している。そこに抜け駆けがあれば、即喧嘩《でいり》の原因となる。店頭とは、すこぶる近隣の同業に気を遣う稼業《かぎょう》なのだ。

そこを大門の大通りを隔《へだ》てた神明前では、店頭は弥勒屋勝太夫一人であり、毎日開帳できる。増上寺門前から見れば、うらやましい限りである。

弥之市の問いに、

「そこよ、三丁目の」

と、忠吾郎が応じ、

「弥勒屋がわしと同業の人宿の看板を出し、その一方で店頭も張っているのは、おめえさんらも知っていなさろう」

「まったく大《て》《え》したお人で」

「それがまあ、向こうさんのやり方なんでやしょう」

弥之市と辛三郎は、いまいましそうに応えた。

「それがまた、増上寺裏手の神谷町に寄子宿を二カ所も持っている」

「なんだって？」

「まことで？」

忠吾郎が言ったのへ、弥之市と辛三郎は同時に驚きの声を上げた。

江戸中の店頭には、侵《おか》してはならない不文律《ふぶんりつ》がある。門前町以外の堅気《かたぎ》の町には絶対に手を出さず、係り合いを持ってもならないというものである。そのかわり、他所《よそ》の力が門前町に入って来るのは許さない。それがあれば、日ごろ鎬《しのぎ》を削《けず》り合っている店頭たちもたちまちに団結する。相手が奉行所の役人であっても変わりはない。それによって土地土地の店頭たちは縄張を護《まも》っているのだ。

神明前の弥勒屋が、堅気の神谷町に寄子宿を二カ所も持っているのは、弥之市たちにすれば重大な掟破《おきてやぶ》りである。

それだけではない。忠吾郎は万吉の体験を話した。博奕《ばくち》で借金をさせてのタダ働きである。しかもカモになる寄子を集めるのに、江戸四宿《ししゅく》の街道筋まで出張っている。

「ううっ」

辛三郎が上気したようにうなり、

「許せやせんぜ、親分！」

「うむ」

弥之市はうなずいたものの、

「相州屋の、伊佐治どんの仇《かたき》、やりなさるのか」

と、困惑《こんわく》した表情になった。忠吾郎が仇討ちの助っ人を頼みに来たと思ったのだ。弥之市一家が大門の大通りを越え、神明前まで出張《でば》ったなら、それこそ店頭同士の不文律に背《そむ》くことになる。

もちろん、そこに気づかない忠吾郎ではない。

「三丁目の」

と、忠吾郎は弥之市と辛三郎を交互に見つめ、

「仇討ちは、わしと仁左の二人でやる。仲間が殺された万吉も連れて行かねえ。素人《しろうと》に殺しをさせるわけにはいかねえからなあ」

「もっともだ」

弥之市は安堵の表情を見せたものの辛三郎は、

「だったら旦那、あっしらになにを？」

いくらか不満そうに言った。

忠吾郎は応えた。

「仇討ちはむろんだが、もう一つわしが許せねえのは、人宿の弥勒屋が非道をやってやがることさ。つまりよ、わしは人宿の一人としてやつらを斃《たお》してえのさ。

標的は勝太夫と与次郎の二人だ」

嘘ではない。本心なのだ。そこは仁左も解している。

「ふむ」

弥之市はうなずき、忠吾郎はつづけた。

「弥之市の親分に頼みてえのは、そのあとのことだ」

「ううっ」

「それはっ」

弥之市と辛三郎はうめいた。神明前の店頭とその代貸格の番頭が、不意に消えることになる。あとどうなるか、他人《ひと》に言われなくてもわかる。

忠吾郎の言葉はつづいた。

「勝手なことを言って申しわけねえが、神明前の町衆に難儀が及ばねえよう、なんとか手を打ってもらいてえ」

「そういうことかい。わかったぜ、相州屋の。増上寺門前の同業が一致すりゃあ、できねえ相談じゃねえ」

と、二つ返事だった。辛三郎もうなずきを入れた。

弥之市はつづけた。

「で、いつ殺《や》りなさる」

「あした、この時分。間に合うかい」

「えっ、また急だが、さっそく動いてみらあ」

と、きょうの話はここまでだった。

忠吾郎も仁左も、このあと弥之市が片門前一丁目の壱右衛門と談合することを知っている。

忠吾郎も弥之市も、それを舌頭《ぜっとう》に乗せることはなかった。忠吾郎は人宿の亭主として動き、弥之市は増上寺門前の店頭として動くのである。二人は昵懇《じっこん》であっても、棲《す》む世界は異なる。忠吾郎が、打込みの日時は言っても方途までは話さなかったように、弥之市も壱右衛門に相談を持ちかけることを、外の人間に話す必要はない。というより、話さないほうがお互いのためでもあるのだ。

忠吾郎と仁左の提灯に火が入った。弥之市と辛三郎は玄関まで出て見送った。双方に笑顔はなく、あるのは互いに見つめ合い、うなずきを交わし合うことのみだった。一方はあす、命のやりとりの修羅場《しゅらば》に飛びこみ、片方はそのあとさらなる流血が演じられるのを防ぐ算段をしているのだ。

二つの提灯の灯りが、古川の土手道に戻った。

「へへ、思ったより早《はよ》うござんしたねえ」

と、茂《しげ》みから玄八が出て来た。

「おう、待たせたなあ。すまねえ」

と、仁左の声に、消していた玄八の提灯にも火が入った。

それら提灯の灯りのなかに忠吾郎は言った。

「あとの算段はついた。予定どおり、あしただ。では、頼むぞ」

「へい、がってん」

玄八は応えた。

あと二、三、打ち合わせをし、金杉橋に戻ると右と左に別れた。

二

その日の朝が来た。

井戸端にまたいつもの顔ぶれがそろった。

万吉が釣瓶《つるべ》でみんなの水を汲《く》んでいる。すっかり相州屋の寄子になっている。

きのう葬儀のとき、番頭の正之助が言ったのだ。

「――おまえなあ、どんな事情か知らないが、このまま相州屋《うち》の寄子になったらどうだね。どこかおまえにあった奉公先を私が捜《さが》してやろうじゃないか」

万吉はその気になった。相州屋が寄子のために葬儀まで出していることに感動していたのだ。

井戸端で水音を立てながら、

「寂《さみ》しいよう」

「でも、頭数に変わりはないよ」

面長《おもなが》のおトラが言ったのへ、丸顔のおクマが、自分に言い聞かせるように言った。いずれもが、伊佐治が鬼籍《きせき》に入ったことを、懸命《けんめい》に受け入れようとしているのだ。

おトラが言った。

「仁左さん。きょうは神明前、万吉さんを連れて行ってはどうかね」

「いや、万吉にはちょいと辛いことがあって、もう一日、寄子宿《ここ》で休ませるさ」

「へ、へえ」

仁左が応えたのへ、万吉はうなずいた。心配げな表情である。どんな〝辛いこと〟か、おクマとおトラは敢えて訊かなかった。年の功を重ねた、婆《ばあ》さんたちの

思いやりである。二人は、あの若者には江戸暮らしの厳しさなど、

「――話す必要はないようだねえ」

「――そうみたい」

と、長屋で話していたのだ。

陽がいくらか高くなったころ、

「仁さん、きょうはちゃんと来るんだろうねえ」

「あそこの賭場の飯屋さんで、昼、食べるつもりだから、そこへおいでな」

「ああ、そうすらあ」

おクマとおトラが言ったのへ、仁左は返した。

きょう昼間、仁左はもう一度、神明前をながすつもりでいる。だが、おクマ、おトラと一緒に行くのは避けた。道すがら、万吉について訊かれるのを避けるためだった。

婆さん二人が商《あきな》いに出たあと、万吉がもそりと仁左の部屋に入って来た。

「どうしたい。まあ、きょう一日だ。おもてに出るんじゃねえぞ」

きょうもまた、弥勒屋の与次郎が通るかもしれない。弥勒屋ではあの夜、残された死体が千太であったことから、逃げたのは万吉であることを、その場でつか

んでいるはずだ。だが、そのとき動いていた得体の知れない人影には、不気味さを感じているだろう。それも万吉さえ見つけ出せば判明しよう。おそらく千住にいまなお幾人か出向き、張っているはずである。そこに札ノ辻で万吉と与次郎がばったり出会おうものなら、それこそ今宵の算段が狂ってしまう。

万吉は心配げに、

「へえ。そうしやすが、きのう仁左さん、お帰りが遅かったようですが、どちらへ。まさか、またあの賭場に？」

「なにを言う。あんな危ねえところ、二度と行けるかい。ちょいと野暮用よ。ともかくきょう一日、どこにも出るんじゃねえぞ」

昨夜、仁左の帰りが遅かったことに、万吉は気づいていた。音を立てないように、そっと長屋の部屋に戻ったつもりだったが、万吉もそれ以上に神経を尖《とが》らせているようだ。

（こいつぁ今宵、足元から気をつけなきゃならねえなあ）

と、仁左はいっそう気を引き締めた。

道具箱を背に、街道に出た。

忠吾郎が長煙管《ながぎせる》を手に、茶店の縁台に座っている。

朝の出かけるまえには珍しく、

「旦那」

と、仁左はその横にさりげなく腰かけ、顔を近づけた。

「万吉が神経を尖らせておりやす。出かけるとき、気をつけてくだせえ。普段のいで立ちで。中継ぎの場を、弥之市親分に頼み、あっしは此処《ここ》へ戻らず、向こうで待ちやす。伊佐どんの商売道具のなかから、旦那の分も適当なのを見つけておきやした」

口早に言った。道具箱と背中のあいだに、それははさんであった。仁左は一度札ノ辻に帰り、忠吾郎と打込みの身なりをととのえ、一緒に出かける算段だったのだ。

「あーら、仁左さん。いたんですか。すぐお茶を用意しますから」

「いや、いいよ。すぐ出かけるから。それじゃ、旦那」

暖簾の奥から出て来たお沙世が声をかけ、また奥に入ろうとするのへ仁左は腰を上げ、街道へ踏み出した。

「そうですかあ」

お沙世の声に、カシャカシャの音が重なった。

「寂しそう」

思わずお沙世の口から洩れた。

忠吾郎はお沙世にまだ事の真相を話していない。話せば、わたしをせめて見張り役に、などと言い出しかねないからだ。忠吾郎も仁左も今宵の打込みを、相州屋や向かいの茶店の誰にも知られず成《な》し遂《と》げようとしているのだ。


仁左は金杉橋を渡ると、昨夜とおなじ古川の土手に入った。弥之市一家の住処に行くのだ。

弥之市も辛三郎もいて、

「おおう、いいところへ来た」

と、迎えてくれたが、なにやら忙しそうだった。訊けば、

「いまちょうど片門前一丁目に行って、壱右衛門一家と話をつけ、帰って来たところだ」

弥之市は言う。壱右衛門は驚き、きょう午《ひる》に増上寺門前のすべての店頭と代貸が、片門前一丁目の料亭で寄合《よりあ》うことになったらしい。

「感触はよかったぜ」

と、弥之市は言う。神明前の弥勒屋の理不尽《りふじん》は、壱右衛門もうすうす知っており、苦々しく思っていたらしい。

仁左は中継ぎの場を頼み、用意した今宵の衣装を預けた。


神明前をながした仁左が、緊張というか、おそるおそるあの一膳飯屋の暖簾をくぐったのは、片門前一丁目で店頭衆がそれぞれの代貸をともない、寄合っている時分だった。そこでは、いま仁左がくぐった一膳飯屋が俎上《そじょう》の魚になっていることだろう。

「あら、仁さん。やっぱり来たのね」

「待ってたよ」

と、おクマとおトラはすでに来ていた。仁左にすれば、冒険だった。何事もなかった。やはりあのとき、提灯の火は消え、顔は見られていなかったのだ。時分どきか、他にも客が数人入っていた。

腹ごしらえをすませ、

「ここは毎晩だからねえ」

と、奥の賭場に入るおクマに、仁左はつづいた。おトラもついて来た。

「なんでえ。よく来るなあ、おめえら」

と、盆茣蓙《ぼんござ》もそのままに、手持ちぶさたに寝そべっていたのは一人だった。仁左は訊いた。

「ほかのお人らは」

「ああ。ここんとこ出払って、俺一人だ。さあ、婆さん、さっさと蠟燭《ろうそく》かき集めて帰《けえ》んねえ」

「さようで。それはご苦労さんにございます」

若い衆は応え、仁左は怪しまれぬよう、それ以上は訊かなかった。おそらく万吉と得体の知れない男の探索に出払っているのだろう。

一つだけ訊いた。

「あのう、今宵もあれ、丁半、ありやすので?」

「ははは。おめえ、好きそうだなあ。ここは毎日だ。またこのめえのお仲間と一緒に来ねえ」

この返事を確かめたかったのだ。

きょうの目的はもう一つある。

帰るとき、

「裏手の木賃宿のほうにも、お得意がありやして」

と、入って来た一膳飯屋の出入り口とは逆の、木賃宿のほうへ抜けた。若い衆はなにも言わなかった。

万吉の描いた見取図がある。それを実地に確かめておきたかったのだ。木賃宿とその脇の狭い路地を、二度ほど往復した。見取図のとおりである。

そう広くはない町だ。陽がいくらかかたむきかけたころ、三人は鳥居の近くでまた一緒になった。そろそろ帰る時分である。仁左は言った。

「おう、さきに帰《けえ》っててくんねえ。俺はもうすこしながしてからにすらあ」

「ありゃりゃ、仁さん。そんなこと言って。その形《なり》でまた丁半、行こうってんじゃないだろうねえ」

「やめときなよ、もお」

おクマとおトラが口をそろえたのへ、

「へへ、そんなんじゃねえぜ。なんなら、途中まで一緒に帰《けえ》ろうかい」

と、三人一緒に大門の大通りへ出た。

「こっちのご門前のほうで、羅宇竹の新調、頼まれていたのを忘れてたのよ」

言うと仁左は片門前一丁目の町場に入り、おクマとおトラは大通りを街道のほ

う へ向かった。

片門前一丁目での寄合はもう終わっているだろう。町場に、とくに緊迫感は感じない。あたりまえである。喧嘩どころかたとえ殺しがあっても、何事もなかったように収めるのが、店頭の仕事である。神明前も増上寺側も、そろそろ客筋が参詣人や行楽客から、夜の嫖客《ひょうかく》へとさま変わりしはじめる時分である。それらの人のながれを、カシャカシャと音を立てて縫《ぬ》い、中門前三丁目のほうへ向かい、途中、安そうな一膳飯屋にも入った。

弥之市一家の住処に入ったのは、繁華なところでは酒と白粉《おしろい》の香が漂《ただよ》いはじめるころだった。場末の弥之市一家のあたりでは、その賑わいが感じられない。

「まあ、寄合の首尾は、相州屋の旦那《うち》が来てから聞かせてもらいやしょうかい」

と、仁左は待った。

弥之市も辛三郎も若い衆たちも緊張している。逆に、これから修羅場へ向かう仁左のほうが落ち着いていた。

外は提灯がなければ歩けないほどとなった。忠吾郎は来た。商家の旦那らしい角帯に長煙管を腰に差しこんだ、いつもの外出するときのいで立ちである。

「あはは。ちょいと野暮用で、と出て来ましたよ」

と、忠吾郎は言う。

弥之市が待っていたように、昼間の寄合の首尾を語った。

大雑把《おおざっぱ》に言えば、今夜から物見《ものみ》を放ち、少しでも乱れる兆候があれば、ただちに増上寺側から人数をくり出して、神明前の平穏を保つという。

「いやあ、同業たちはみんな驚きやしてなあ。ともかく処置のすべては増上寺側の寄合で決め、抜け駆けは断じて許さず、犯した者は増上寺門前と神明前から所払《ところばら》いとするということになりやしたぜ」

すべてを寄合でといっても、旗《はた》ふり役になるのは片門前一丁目の壱右衛門であろう。

(信頼できる)

忠吾郎は思い、大きくうなずいた。

弥之市はつづけた。

「俺と相州屋さんとの間柄はみんな知っておりましてなあ、事態の詳細は判りしだい、逐一《ちくいち》俺が片門前一丁目に知らせることになりやした」

「おっ、それは好都合だ。今宵、打込んだあと、着替えにまたここへ戻って来やすから、そのとき首尾を話しやしょうかい」

仁左がすでに事が成功したように言ったのへ、忠吾郎もうなずきを入れた。

さっそく着替えた。黒装束ではないが、ほぼそれに近い地味な股引《ももひき》に着物、手拭《てぬぐい》と帯まで黒っぽく、もちろん黒足袋《くろたび》である。これで着物を尻端折《しりっぱしより》に手拭を泥棒かぶりにすれば、まるっきり盗賊である。

「用意ができやしたら、さあ、これを」

代貸の辛三郎が脇差を二本、忠吾郎と仁左に差し出した。仁左が頼んでいたのだ。代わりに忠吾郎の長煙管と仁左の道具箱は、弥之市一家が預かる。仁左が打込んだあと、またここへ戻って来ると言ったのはこのためだった。

外へ出た。

弥之市が玄関まで出て見送った。

辛三郎と一家の若い衆一人が、提灯を手につき添った。提灯は必要だった。足元を照らすだけではない。尻端折はまだしていないものの、夜中に地味な衣装で脇差を差し、提灯を持たずに歩いていたら、それこそ怪しい奴となり、かえって目立つことになる。

一行は街道に出た。すでに人の気配のない暗い空洞となっている。

いずれもが無言で歩を進めている。

大門の大通りと交差している場所を過ぎた。その先に神明宮の通りが街道に口を開けている。そこに屋台の灯りが見えた。そば屋のようだ。客が一人、立っているのが見分けられる。一帯はもう、弥勒屋の縄張であり〝敵地〟なのだ。

「それじゃ辛三郎どんたち、ここで引き揚げてくんねえ」

「へい、お達者《たっしゃ》で。い、いえ、首尾よう」

忠吾郎が言ったのへ、辛三郎は緊張しているのか、みょうな言い方をし、すぐ言いなおした。忠吾郎と仁左のほうが落ち着いている。

三

忠吾郎と仁左は屋台に近づいた。

「お待ちしておりやした」

客のように見えた影が、近づく忠吾郎と仁左に声をかけた。染谷である。ということは、そば屋は玄八ということになる。この時刻、この場所で四人が待ち合わせるのは、きのう金杉橋の浜久で忠之を交え、話し合ったとおりである。

「さあ、行きやしょうかい」

「おう」

仁左が言い、玄八は屋台を担いだ。いまのところは、すべてが順調に進んでいる。このあと、あの小奇麗な木賃宿の前まで行く。木賃宿の奥からも、さらに脇の路地からも賭場に入れることは、万吉の描いた見取図からもわかり、それをきょう仁左は実地に歩いてもいる。

木賃宿の近くに玄八が屋台を据え、路地から入った忠吾郎と仁左が打込み、不意打ちで弥勒屋勝太夫と番頭の与次郎を討ち取り、素早く路地に返し、屋台に首尾を知らせる。染谷がすかさずそれを奉行所へ報《しら》せに走る。奉行所では夜明けとともに神谷町の大黒屋と恵比寿屋に打込む手筈《てはず》を整える。玄八は追いかけて来た弥勒屋の若い衆に黒い影が走ったのと逆方向を示し、追っ手を攪乱《かくらん》する。忠吾郎と仁左は中門前三丁目に走って弥之市一家に首尾を知らせ、着替えをして悠然と札ノ辻に引き揚げる。

（必ず成功する）

四人には自信があった。失敗は念頭にない。ただ染谷と玄八が、修羅場に飛びこむ役目でないのを残念がっていた。

「このあたりにするか」

「へい」

染谷が言い、玄八は屋台を地に据えた。人通りのないところだが、賭場の近くなら遊び客を目当てに屋台が出ていても奇異ではない。

忠吾郎と仁左は着物を尻端折にし、地味な手拭を泥棒かぶりにし、

「ならば」

「はっ。首尾よく本懐を」

忠吾郎と染谷の低い声がながれた。

屋台の灯りがその場に残り、二つの影が木賃宿の壁に沿った路地に消えた。

路地を抜ければ木賃宿の裏手で、なにもなく狭い裏庭があり、そこに賭場の建物への出入り口がある。

抜き足、差し足である。仁左が前を進み、忠吾郎がつづいている。一歩、仁左の足が裏庭の地を踏んだ。

(ん?)

仁左の足が止まった。すぐうしろの忠吾郎も気づいた。暗い庭の向かい側、賭場の建物の出入り口である。人の気配……二人か……、忍びか盗賊のように思われる。出入り口の中を窺《うかが》っているようだ。その気配から緊迫したものが感じら

れ、それはまさしく、仁左たちと同種のものだった。建物からは、丁半の興奮したざわめきが伝わって来る。

（なにやつ）

仁左と忠吾郎がさらに目を凝《こ》らしたのと同時だった。

感じられた。建物内からである。丁半のざわめきなどではない。慥《しか》と聞こえたのだ。大きな声だった。

「親分！　番頭さん！」

「やろうっ、おめえだな！」

出入り口の影二人には、それがさらに鮮明に聞こえたであろう。

仁左も忠吾郎も、なにが起きたかはわからないが、すでに不意打ちどころではなくなったことを覚《さと》った。今宵の策はながれた。

「離れやしょう」

「ふむ」

仁左が言い忠吾郎がうなずいた刹那《せつな》、

――ガシャ

出入り口の板戸が内側から蹴破《けやぶ》られた。灯りが洩れ出た。そこから女が一人、

飛び出て来るなり、

「ギャーッ」

悲鳴を上げ、身を弓のように反《そ》らせた。逃げようとして背を斬られたようだ。

仁左と忠吾郎は引き揚げるどころではない。茫然《ぼうぜん》となりながらも脇差を抜いて身構え、さらに目を凝らした。

出入り口にいた小柄な影が一つ、倒れこもうとした女の身を支え、もう一つの影が中から抜刀し飛び出て来た男を逆袈裟《ぎゃくげさ》に斬り上げた。

「うぐっ」

男は血を噴きながら仰向けにぶっ倒れ、部屋の中から男につづいた者たちは抜刀のまたじろいだか、すぐには飛び出て来なかった。

それと見た影の二人は、

「い、いったいこれは!?」

声を出すなり血刀を手に身を返し、

「ともかく引き揚げをっ」

仁左たちにも聞こえた。影の二人にとっても、これは予想外の事態のようだ。

血刀の影は成り行きであろう、手負いの女を抱きかかえた影を先導するかのよ

うに路地のほうへ向かって来る。仁左と忠吾郎も抜刀し身構えている。これも成り行きか、血刀の影は、

「塞《ふさ》いでやがったかあっ」

血刀を振り上げ向かって来た。このときはじめて、仁左も忠吾郎も、影が黒装束で顔まで黒い布で覆っていることに気づいた。仁左たちも似たようないで立ちである。

（これは!?）

と、思う余裕もない。

「待てっ、早まるな」

仁左の声と同時に、

——キーン
金属音が響いた。黒装束に打込まれた仁左が、襲いかかる血刀を下段からはね上げたのだ。

「待ちやがれーっ」

賭場の男たちが気を取りなおしたか、抜き身を手に出入り口から飛び出して来た。四、五人に見えた。黒装束の二人は、女を抱えたまま逃げきることはできな

いだろう。

これもとっさの成り行きだった。忠吾郎は、

「さあ、逃げなされ！」

手負いの女の腕に肩を入れ、路地をおもてに向かった。

「かたじけないっ」

小柄な黒装束は声に出し、女を脇から支え、おもてへ急いだ。

血刀の黒装束は、自分の一撃を躱した泥棒かぶりの影を〝敵〟ではないと覚《さと》ったか、

「すまねえ、許せっ」

と、先を行く影のかたまりを追って路地に飛びこんだ。

背後から賭場の男たちが追って来る。路地を塞ぐように立った仁左が、先頭の男を上段から斬り下げた。手応えがあり、返り血も浴びた。この瞬間、泥棒姿と黒装束二人は、敵の敵は味方となっていた。

つづいていた賭場の男たちは、

「おぉぉっ」

ふたたびたじろいだ。

仁左はそれと見て身をひるがえし、路地に忠吾郎たちを追った。

すでに二人が斃されている。暗いなかに賭場の男たちは恐怖に駆られたか、路地に飛びこむ者はいなかった。

おもてでは、

「な、なんと！」

「これは！」

屋台を据えていた玄八と染谷は仰天《ぎょうてん》した。仲間が増え、しかも忠吾郎は手負いの女を抱えているのだ。

仁左が路地から走り出て来た。

「ともかく逃げやしょう。古川の土手だ」

忠吾郎はその意を解した。弥之市一家がまた荷舟を出してくれる。仁左が伊佐治を運んだのが、このときの演習になったようだ。異なるのは、弥之市一家に合力を求めても、

(これ以上、巻き添えにはできぬ)

ことである。脇から抱えていた女を背に負った。

「さ、こちらへ」

仁左の声に、黒の一群は闇に紛《まぎ》れた。玄八も提灯の火を消し、屋台を担いだまつづいた。手負いの女は忠吾郎の背にある。染谷と血刀を収めた黒装束が代わろうとしたが、

「このまま、動かさぬほうがいい」

忠吾郎は言った。女は手負いである。全員が納得した。

途中、大門の大通りを越えてからだった。女を忠吾郎の背に置いたまま、小柄な黒装束が女の着物の両袖《りょうそで》を引きちぎり、包帯《ほうたい》代わりにして胴をきつく縛《しば》った。出血を防ぐためである。いささかの心得はあるようだ。

女に意識はあった。女はうわごとのように言った。

「首尾、首尾は、上々」

あのとき、首尾は、屋内から聞こえていた。

――親分！　番頭さん！

胴を締め終わった小柄な黒装束が言った。

「勝太夫と与次郎か。仕留めたのだな」

なんと、それも女の声だった。

手負いの女はかすかにうなずいた。理由も手段もまだ判らないが、ともかくこ

の女が勝太夫と与次郎を殺害し、逃げるのに失策《しくじ》り、さきほどの騒ぎとなったようだ。

「これ以上、しゃべらせるな」

仁左が言い、一同はふたたび歩を進めた。

染谷が玄八に言った。

「呉服橋にはおまえが帰れ。俺はこの人たちについて行く」

「へえ」

玄八は屋台を担いだまま返し、一行から離れた。黒装束も手負いの女もまだ得体が知れない。それらの前で〝奉行所に〟ではなく〝呉服橋に〟と言ったのは、さすがに隠密同心である。

それよりも染谷は感じるものがあったのだ。きのう木賃宿と一膳飯屋の前、それに伊佐治の遭難の場を玄八と歩いたとき、前方を行く笠をかぶった小柄な武士とお供の中間……。

（あのときの二人ではないか）

そのとき得体の知れない違和感を覚えたのは、

（怪しいのではなく、女だったからか）

疑念が一つ、解消した思いになった。同時に、

(ならば、この黒装束たちは⁉ それに、飛び出して来て背を斬られた女はいったい……?)

疑問はさらに膨らんだ。

染谷だけではない。いま古川の土手に向かう一群は、互いに正体を知らないのだ。それらが奇妙な一体感に包まれ、数日前に仁左が伊佐治を担ぎ、万吉とともに急いだ道順に歩を進めている。

(いまごろ神明前の賭場は、大混乱に陥《おちい》っているだろう)

その推測だけは、一同に共通していた。

一行から離れた玄八は、

(いってえ、なにがどうなってるんでえ。あの女がどうやったか知らねえが、勝太夫と与次郎を仕留めたのだけは確かなようだが)

思いながら、提灯に火を入れ屋台を担ぎ、北町奉行所に急いだ。屋台には、湯を沸《わ》かす火種が常にあり、こうしたときは便利だ。

手負いの女を擁《よう》した一行は、古川の土手に出た。

仁左の戻って来るのを待っている。

染谷はさっきから、

（この忍者もどきは？　背を斬られた女は？）

素性を確かめるまでは、一行を離れることはできぬと意を決めている。

黒装束二人も、

（この人たちは、この女は……）

思っているはずだ。どうやら、手負いの女とも面識はなさそうだ。

それらの疑念が交差するなか、忠吾郎はまだ女を背負ったままである。いまはともかく女をできるだけ動かさぬことが第一なのだ。その思いもまた、一同に共通していた。

仁左は途中から弥之市一家の住処《すみか》に向かっていた。

弥之市も辛三郎も若い衆たちも、忠吾郎と仁左が着替えに戻って来るのを待っている。そこへ返り血を浴びた仁左が一人で戸を叩いたものだから、瞬間の一同の驚きようはなかった。

仁左は手短に事態を説明した。

だが、弥之市も辛三郎も、

「？？？？」

語る仁左にも、事態がわからないのだ。

それよりも、

「すまねえ。そういうわけなんだ。ともかく荷舟をもう一度出してくんねえ」

「いいともよ」

はたして弥之市は、こたびも二つ返事で応じた。

荷舟を確保すると仁左はすぐに古川の土手へ向かい、

「おーい。どこですかい。提灯をかざしてくだせえ」

川の流れのほうから一同を呼んだ。

押し殺した声である。

反応はすぐにあった。

四

舟は海に出た。船頭は一家の若い衆で、辛三郎もつき添った。辛三郎も若い衆も、前回とは異なり忍者もどきの黒装束が二人もいることに驚いていた。

二人はもう顔を隠す必要はなくなったと解釈したか、覆面をとっていた。といっても、夜陰にまぎれ顔つきや歳の頃は判然としなかった。

小柄な黒装束は、舟が海に出てから、ようやく口を開いた。

「どこに行くのです」

「案ずることはねえ。近くだ」

忠吾郎は応え、

「わしは札ノ辻で、人宿を開いている者でなあ」

素性を明かした。相手の素性を聞き出すには、まず自分から嘘いつわりなくというのが、いつもの忠吾郎の流儀である。

「人宿の同業として、弥勒屋の悪徳が許せず、成敗に出向くとおまえさんたちが先客だったということだ」

「ふむ」

忍者もどきの女はうなずいた。

それに加え、弥勒屋の手から逃げ出した若い人足が、番頭の与次郎を襲おうとして失敗し、いま相州屋の寄子宿にかくまっていることも話した。黒装束二人は驚いていた。

舟は薩摩屋敷の蔵屋敷を過ぎ、札ノ辻の近くの浜に乗り上げた。今度は黒装束の男の方が、手負いの女を背負った。

舟は浜辺を離れた。辛三郎はおよその状況は解したが、黒装束と手負いの女の素性は判らない。それでよかった。辛三郎にとって大事なのは、弥勒屋勝太夫と番頭の与次郎が、この世からいなくなったことである。このことはすでに増上寺側店頭の壱右衛門や弥之市らの放った物見が、混乱する賭場のようすから嗅ぎ取っていることだろう。


手負いの女は相州屋の居間に寝かされている。伊佐治のときと異なるのは、まだ息のあることだった。それに灯りのなかで見ると、まだ若いようだ。思ったより浅手で、回復も早いだろう。それでも手当は必要だ。

「あっしがちょいと医者を呼んで来まさあ」

染谷が伝法《でんぽう》な口調で言った。染谷なら深夜でも医者の門を叩き、十手《じって》にものを言わせることができる。

忠吾郎は黒装束二人に自分のことは話したが、染谷の正体は伏せ、

「途中で別れたそば屋とおなじで、以前この人宿で世話をした男でなあ。この仁左もおなじだ」

と、ひとまとめに語った。

手負いが女とあっては、療治《りょうじ》の代脈《だいみゃく》（助手）に黒装束の女も心得があるようだが、お沙世も呼んだ。このとき仁左が別室で、手早くこれまでの経緯《いきさつ》を話した。もう与次郎が街道を通ることもなく、修羅場も終わったのだ。

お沙世は驚くと同時に、

「そんな大事なこと、なんでわたしだけ蚊帳《かや》の外！」

怒ったものである。だが、代脈の役目は、医者や黒装束の女の差配にしたがい、かいがいしくつとめた。

そのあいだ、男たちは別間《べつま》で待ったが、黒装束の男は無言だった。神明前で染谷の目にとまったときには中間姿だったが、たえず黒装束の女の方を気遣うようすからも、どうやらそのとおりの主従に近い係り合いのようだ。ならばこの男は、忠義の者といえそうだ。あるじの許しなく、身許《みもと》は明かさない……。

療治部屋になった居間からお沙世が出て来て、

「終わりました。いま眠り薬が効いています。目を覚ましたときいくらか熱を出すそうですが、命に障《さわ》りはないとのことです」

と、男たちに告げたのは、東の空が明るむにはまだいくらか余裕のある時分だった。

染谷は奉行所が気になったが、黒装束二人と斬られた女の素性が知りたい。

(お奉行への報告は、玄八がうまくやっているだろう)

思い、相州屋で忠吾郎や仁左らとしばしの仮眠に入った。黒装束の男も一緒だった。女たちは居間で手負いの女につき添うように、ごろりと横になった。

夜が明けた。

おクマとおトラが、手桶と手拭を持って井戸端に出て来た。

「えぇえ!」

「ま、また?」

伊佐治のときの例がある。居間に幾人かの人の気配があることに驚き、眠気を一挙に吹き飛ばしたか、同時に声を上げ裏庭で棒立ちになった。

婆さんの声を聞きつけ、仁左が縁側に出た。

「いやあ、きのうの夜さ。帰りに急病人を見つけてここへ担ぎこみ、旦那に頼んで、見てのとおり一緒にいたお人らともどもここでひと晩、看病さ」

「なあんだ。また死人《しびと》かと思ったよ」

「まったく仁さんらしいよう」

二人の婆さんは安堵の息をついた。

お沙世も縁側に出て来た。

「えっ、お沙世ちゃんまで？」

「うふふ。行き倒れが女の人だったから、わたしが呼ばれたんですよう」

「そりゃあまあ仁さん、楽しかったろうねえ」

おクマとおトラは言うと、釣瓶で水を汲みはじめた。

忠吾郎がお沙世に、

「――あの婆さんたちに、余計な心配かけちゃならねえから」

と、仁左が事態を説明したとき、口止めをした。おクマとおトラは忠吾郎と仁左、それに黒装束や染谷たちにとっても、大事な物見の人材なのだ。顔を洗い、長屋に戻ろうとする二人に、ふたたび仁左が縁側から声をかけた。

「きょうは、どこをながすよ。俺はあとでまた神明前に行こうと思って」

「えっ、またあの賭場をのぞくのかえ。まあ、あそこはいつ行ってもろうそくのしずくが流れているからねえ」

「それじゃわたしらも行って、ついでに増上寺のご門前さんもまわってみようかねえ」

おクマとおトラは言いながら長屋に戻った。

増上寺のほうもまわるという。願ってもない物見になってくれそうだ。

障子の内側で、黒装束主従と染谷は、婆さん二人と仁左のやりとりを聞いている。染谷は、

(なるほど、こんなところにも相州屋の強みがあったのか)

と、感心し、黒装束主従はこれまでの経緯から、相州屋のおよそのようすを把握した。それも、単なる人宿や口入屋などではなく、

(底の知れない……お味方になれば、頼りになりそうな……)

思っている。

万吉が婆さんたちから、こんどは行き倒れが担ぎこまれたと聞き、心配げに、

「まさか、神谷町の人足仲間……」

と、庭から縁側に顔を出した。

寝かされているのが女であることにホッとしたものの、奥の部屋に呼ばれ、見知らぬ人の増えているのを見て怯《おび》えたようすだった。

忠吾郎は万吉を、

「これが舟の中で話した、与次郎を襲おうとした若者だ」

と、引き合わせた。

黒装束二人と染谷は、万吉を喰い入るように見つめた。黒装束にとってその若者は同志であり、染谷にとっては事情はともあれ、殺しを画策した罪人である。もちろん染谷に、それを追及する気はないが。

怯える万吉に仁左が、昨夜の経緯を話すと案の定、

「千太の仇だっ。お、おいらも行きてえ！」

言ったものである。忠吾郎が、

「おめえはもう、隠れていなくてもいい。おもてに出てもいいぞ」

言ったとき、ホッとするより、悔しそうな表情になった。やはり、千太の仇も兼ね、自分でも一矢報《いっしむく》いたかったようだ。

それを万吉に話したのは、斬られた女に心あたりはないか質《ただ》すためだった。黒装束主従には、まったく心あたりのない女なのだ。

さきほどその寝顔を見た万吉は、

「知りやせん」

と、かぶりを振った。

やはり正体を知るには、女の目が覚めるのを待たねばならないようだ。

「念のためだ。もう一度、医者を呼んで来まさあ」

と、染谷が腰を上げかけたところへ、玄八が相州屋の玄関に飛びこんで来た。さすがに隠密廻り同心の岡っ引か、万吉や黒装束のいる前で、岡っ引の身分が判るようなことは言わなかった。それでいて染谷と忠吾郎に伝えるべきことはきちりと伝えた。玄八は言った。

「驚きやしたぜ。きょう朝早く、そばの仕入れに神谷町に行ったのでさあ。すると大黒屋ってえ人足ばかり入《へえ》っている木賃宿に、夜明けごろにお役人が大勢踏込みなすって、幾人かをどこかへ引き挙げ、残った人足たちはそのまま木賃宿に足止めでさあ。六尺棒《ろくしゃくぼう》の捕方《とりかた》が大勢、まわりを固めていまさあ。土地《ところ》の人に訊くと、なんでも近くの恵比寿屋ってえ木賃宿も、おなじ目に遭《あ》っているらしいですぜ。大黒だの恵比寿だのと、名はめでてえんだがよう」

昨夜、奉行の忠之は玄八の報告を受けるなり、予定どおり迅速に打込みの手配をし、夜明けとともに決行したようだ。あと忠之は、相州屋の首尾を待っていることだろう。だから玄八を遣《つか》わして来たのだ。

忠吾郎は玄八に言った。

「賭場で背中を斬られた女なあ、まだ寝ているが、医者の診立《みた》てじゃ浅傷《あさで》で命に別状はないそうだ。まあ、おめえもきょうはここでゆっくりして行きねえ」

「へえ、そうさせてもらいまさあ」

忠吾郎は、黒装束主従と斬られた女の素性が判るまでここにいろと言い、玄八はそれに応じたのだ。

「それじゃちょいと」

と、染谷は玄八の話が終わると、医者を呼びに行った。近くの町医者である。

おクマとおトラはもう商いに出ている。

仁左は黒装束主従を寄子宿の長屋にいざなった。伊佐治の部屋である。おクマとおトラの目をくらますため、ひと晩だけ万吉がそこの蒲団にもぐりこんだが、いまは空き部屋になり、伊佐治の商売道具だった竹馬が、古着をこんもりと盛ったまま置かれている。男物も女物もある。帯もある。二人は黒覆面こそはずしているものの、身なりはまだ昨夜のままなのだ。万吉が驚き、怯えたのも無理はなかった。

「おめえさんらが着てくれりゃあ、これを担《かつ》いでいた野郎の供養《くよう》にもならあ」

仁左の言ったのへ、黒装束主従は深刻な表情でうなずいた。

着替えが終わり、母屋に戻って来たとき、

「あらあ」

と、お沙世が目を瞠《みは》った。女は長い髪をうしろで束《たば》ね、すっかり女らしくなり、さきに母屋へ戻っていた仁左と玄八などは、

「ほう」

と、声を洩らしたものである。歳の頃は二十歳をいくらか超したくらいか、きりりと整った目鼻立ちである。女は女同士の気遣いか、まだ眠っている女の着替えまで持って来ていた。眠っている女は、帯は解いているが、昨夜、袖を引きちぎったままだったのだ。男は五十がらみか、町衆の風情《ふぜい》が似合った。髷《まげ》も武家ではなく、最初から町人髷だった。

医者が来た。染谷が行くとすぐに来たのは、やはり十手の威力のようだ。昨夜染谷は医者を叩き起こすと、遊び人姿ながらふところの十手を取り出し、手の平をぴしゃぴしゃ打ちながら交渉したのだった。医者は女を診《み》て言った。

「ふむ。まだ起きぬとは、痛みもさほどなく、本復《ほんぷく》に近づいている証《あかし》じゃ。あとは体力ゆえ、目覚めたら粥《かゆ》など食べさせなされ。生卵など入れてやれば、なおよろしい。もうすこし寝ておるじゃろうから」

と、束ね髪の女とお沙世に手伝わせ、傷の消毒をし、包帯を取り換えて帰った。

お沙世の話では、

「新たな出血はなく、療治のあいだ目を覚ましましたが、先生がまた眠りを誘う薬湯を飲ませておいでででした」

女がまだ寝ているのは、忠吾郎たちにも染谷にも都合がよかった。いまなお眠りについている女の素性は、忠吾郎たちと男女主従の共通の関心事である。いま女が目を覚まし、口がきけるようになると話は混乱する。まず忠吾郎たちには、着替えをした主従の素性である。

黒装束から町衆に変わっただけでも、互いに話しやすくなったようだ。忠吾郎をはじめ、仁左も染谷も玄八もお沙世も万吉も、二人の前に名も素性も隠していない。互いに名を呼び合ったりしている。主従二人は、染谷と玄八を相州屋ゆかりの者と思っている。自然と主従も名を明かし、賭場を逃げ出して以来、ずっと世話になりっぱなしであることに謝意を述べた。

女は、みょうなことに仙丸《せんまる》と名乗った。男の名ではないか。染谷のみが得心した。最初に目についたのが、小柄な武士の姿だったのだ。五十がらみの男は、

「宇平《うへい》と申しますじゃ。お嬢が赤子のころから仕えておりましてなあ」

やはり主従だった。だが、どのように主従なのか……。まっさきに染谷が伝法な口調で問いを入れた。

「まるでお武家の主従みてえに聞こえやすが。それにお嬢が仙丸さんたあ、若さまみてえな名でござんすぜ」

「どのように仕えてなすったので？」

仁左が問いをつないだ。

忠吾郎は無言のまま、仙丸と宇平を、達磨《だるま》顔の大きな目で見つめている。玄八も興味深げに、二人から視線を外さない。万吉も部屋の隅に小さくなって同座しているが、おなじ獲物を狙おうとした共通点がある。やはり二人を交互に見つめている。

お沙世がさっきからそわそわしており、

「ちょいと仙丸さん、宇平さん、待ってて。わたし、すぐ戻ってくるから」

急ぐように座を立った。茶店の仕事が気になっていたのだ。祖父母の久蔵とおウメに断りを入れに帰るのだ。仙丸と宇平の話を聞きに、すぐまた戻って来るだろう。相州屋の店場では帳場に正之助が座り、すでに仕事を始めている。

「…………」

「お嬢！」

躊躇《ちゅうちょ》するようすの仙丸の横顔に、宇平は視線を向けた。うながしている。五十がらみの年《とし》の功《こう》か、相州屋の面々を、

（信頼できる）

と、確信したようだ。

「なれど……」

思わず仙丸の口から出た躊躇の言葉は、武家風だった。忍びもどきのいで立ちに刀まで帯びていたのだから、そこに不思議はない。忠吾郎たちは、

（やはり）

といった表情になった。

女はまだためらっている。だが、お沙世の動きが、この場のながれを変えるかもしれない。お沙世は、仙丸が話すものと決めこみ、急いで茶店に戻り、すぐこ

こへ帰って来ようとしているのだ。

五

すぐにお沙世は戻って来た。

「どこまで話、進みました?」

と、話しているのがあたりまえのように、仙丸と向かい合わせに座をとった。

忠吾郎、仁左、染谷はあぐら居で、他は万吉を含め端座の姿勢である。

「さあ」

忠吾郎がうながした。はたして、ながれは変わった。

仙丸は言った。

「はい。わたくし、ほんとうは、石丸仙《いしまるせん》と申します」

「わしは、その石丸家の中間でございましたじゃ。お嬢が生まれなさるまえから
ずっと。旦那さまは、石丸仙右衛門《せんえもん》と申されました」

宇平がつないだ。ここまで話せば、仙丸と名乗ったお仙は、もうすべてを話さ
ざるを得ない。

「申されました？　ということは……」

また染谷が問いを入れた。

仙丸と名乗ったお仙は、ようやく覚悟ができたようだ。

「はい。父はもう鬼籍《きせき》に入っております。十二年前でした。わたくしが八歳のときでした。父の生前の役職と禄高《ろくだか》は、勘定方、三百石でございました」

「えっ」

声を洩らしたのは染谷だが、忠吾郎たちも心中では感じ取っていた。

（なにやら、係り合いがありそうな）

である。

お仙はちょうど二十歳ということになる。二十歳を超えていると見られたのは、それなりの苦労があったからのようだ。

宇平がまたつないだ。

「それはもう、可愛いお嬢でございました。旦那さまは朴訥《ぼくとつ》で実直なお方でなあ。ご同輩の方々から、石丸ではのうて堅物《かたぶつ》仙右衛門じゃ、などと言われておりましたのを、わしはよう知っておりますじゃ」

宇平はつづけた。

「旦那さまは役務のなかで、上司である勘定方組頭《くみがしら》の不正を見つけ、おもてにしようとなさいました。ところがその組頭は頭の切れるお人で、罪を旦那さまになすりつけ、……もう、このあとは」

「かまいませぬ。宇平、つづけなされ」

「へえ、お嬢」

お仙の言ったのへ、宇平はつづけた。お仙は淡々《たんたん》とした表情だったが、宇平は悔しさを懸命《けんめい》に抑えようとしているのが、全身から看《み》て取れた。

「旦那さまは憤慨《ふんがい》なされ、下城の途中でした。外濠の小石川《こいしかわ》御門を出たところで、組頭に斬りつけなされたのでございます」

十二年前のこととはいえ、部屋には緊張の空気がみなぎった。

宇平の言葉はつづいた。興奮を抑え切れなくなったか、途切れ途切れの言いようになった。

「近くに他のお方もおり、門番もすぐに駈けつけ、失敗でございましたじゃ。そのとき、小石川御門まで迎えに出ていたのは、わし、わしでしたじゃ」

聞いている者たちは、驚きの声さえ上げられなかった。

途切れ途切れの声はつづいた。

「結句は、組頭によって、不正はすべて、旦那さまのやったこととされ、旦那さまは切腹を賜《たまわ》りました。組頭は不正によって得た財貨を、普請奉行さまをはじめ、お目付衆への賄賂《まいない》に使っておいでなのでございました。その後、組頭さまは出世なさいまして……」

「それが、現在《いま》の普請奉行、黒永豪四郎でございます」

お仙が淡々とだが、あとをつないだ。

（うっ）

一同は内心にうめき声を上げた。まさしく、目付が町奉行に下知し、北町奉行の忠之《ただゆき》が忠次《ただつぐ》こと忠吾郎に依頼した、弥勒屋の件とつながっているどころか、かぶさっているのだ。

ひと呼吸かふた呼吸ばかりの沈黙がその場にながれ、やおら忠吾郎が口を開いた。

「申されよ、仔細《しさい》を」

「はい」

一同の視線が集中するなかに、お仙は言った。落ち着きを取り戻した話しようだった。

「父は嵌《は》められたのです。石丸家は断絶し、小石川に賜っていた組屋敷からは追い出され、わたくしは八歳の身で罪人の娘として、親戚筋を転々といたしました。いえ、苦しくはありませんでした。親戚一同、父をよく知っており、黒永豪四郎に嵌められたこともわかっておりました。だからといって、仇討ちが許される性質のものではありませんでした。だからなおさら、悔しゅうございました。長ずるにつれ、その思いは薄まるどころかますます募《つの》りました。十四歳のときでした。ある親戚筋にお願いし、四ツ谷伊賀町《よつやいがちょう》に住まいする商家に預けられ、そこで武術の修錬に入りました。小石川を出たときから伊賀町まで、いまなおわたくしから離れず従ってくれたのは、中間の宇平ひとりでした。まっこと、忠義の士でございます」

「とんでもございません」

宇平は顔の前で手の平をひらひらと振り、

「わしはただ、お嬢がおいたわしいというより、お嬢をこのような目に遭わせた黒永豪四郎が、許せなかったのでございます。だから修錬も、中間の身ながら、お嬢のお相手をいたしましたじゃ」

お仙はうなずき、つづけた。

「その商家のあるじは、わたくしの親類筋の知り人で、かつて武士を捨てられた人で、伊賀町の土地の名から、いかなる武術かはお察しください。わたくしはそこで修錬に励みながら、女を捨てました」

「ふむ」

染谷がうなずきを入れた。神明前で目についた、あの小柄な武士姿に納得したのだ。そのときの中間は、まぎれもなくいま目の前にいる宇平だった。

忠吾郎もうなずき、

「仇討ちを決意されたのだな。さきをつづけられよ」

お仙が武家娘であることを意識してか、つい武家言葉になった。

「はい」

お仙は返し、

「伊賀町の商家はどこか、そこを紹介した親戚は誰か、さらにわれらがいまどこに住まいしているのかなどは、お訊きくださいますな。そこに迷惑がかかっては困りますゆえ」

「ふむ」

忠吾郎はうなずいた。お仙は、すべてを話す気になっているようだ。

「自分で言うのもおこがましいのですが、目的があれば腕もそれなりに上がるものでしょうか。討てる、といくらかは自信がつきました。したが、仇討ち免許状などのない仇討ちでございます。決行までにと、実地の修錬をいたしました」

仇討ち免許状のない仇討ち……暗殺であり、正当ではない。それの実地修錬……忍び込みではないか。人知れず寝首をかく？　まっさきに気づいたのは仁左だった。

「男にならなくても、それはできるんじゃござんせんかい」

伝法な言葉で前置きし、

「公儀隠密には、くノ一とかいうのもいると聞きやすぜ」

突拍子な言葉ではない。忠吾郎と染谷も、仁左の言葉によって気づくものがあったようだ。なかば得心の表情になり、お仙と宇平に探るような視線をながした。お沙世と万吉、それに玄八も、仁左さんはなにを言い出すのだ、といった表情になっている。仁左はつづけた。

「武家屋敷に忍び込むのなどは、ちょうどいい修錬になりまさあ。もちろん盗賊じゃねえ証《あかし》に、金銭には絶対手をつけねえ。代わりに枕元の刀や掛け軸、置物などを暫時《ざんじ》預かり、後日なんらかのかたちで返す……」

「ふむむ」

染谷が思わず声を上げた。被害に遭った武家屋敷のなかに、普請奉行の黒永屋敷もあったことに気づいたのだ。奉行所で確認は取っていないが、おそらくお仙と宇平が忍び込み、そのようないたずらをしたのは、黒永豪四郎につながる屋敷ばかりであったろう。

「あっ」

「まさか」

玄八とお沙世が同時に声を上げた。武家屋敷ばかりを狙い、しかも盗み出すのが刀や置物ばかりといった、奇妙な盗賊が出没しているとのうわさがながれているのを思い起こしたのだ。玄八とお沙世も、探るような目をお仙と宇平に向けた。お仙と宇平はさきほどもそうだったが、目をそらした。

「あはははは」

忠吾郎が不意に笑い声を上げ、すぐ真剣な表情に戻り、両名にそれを確かめることなく、

「なるほど、実地のいい修錬だわい。度胸もつこうよ」

「そう、そのとおりだ。実地修錬の場が武家地なら、町奉行所には一切係り合い

のないことだ。忍び込んだ者が判っても、奉行所が捕方を出すようなことはありますまいよ。ははは」

染谷が、お仙と宇平を安心させるように言った。まさしく、そのとおりなのだ。

仁左が問いを入れた。

「それがなんで、町場の弥勒屋の賭場に？」

賭場と木賃宿の暗い裏手で、あわや仁左は宇平と斬り結びそうになったのだ。

「わしから話しますじゃ」

宇平が言った。

「修錬のかたわら、かつての旦那さまの知り人を頼り、調べましたのじゃ。旦那さまも一端をつかんでおいでして、わしもその名は聞いて知っておりました。神明前の弥勒屋が黒永豪四郎とつるみ、悪徳を働いていることをですじゃ。実際、そのとおりでした。しかも、旦那さまに不正をなすりつける算段をしたのも弥勒屋だということがわかり……そこでわしはお嬢に申し上げましたのじゃ。黒永豪四郎を討つまえに、弥勒屋の勝太夫と番頭の与次郎を葬《ほうむ》ろうと」

「宇平に言われるまでもありませぬ。弥勒屋を葬るのはお江戸の町衆のためでもあり、黒永豪四郎を討つのは、武家社会を正すためであり、それこそ亡き父・仙右衛門の願いでもありました」

お仙が割って入るように言った。

宇平はさらにつづけた。

「そのためにわしは賭場へ客を装って入り、あの木賃宿にも泊まり、背中合わせの一膳飯屋にも入り、あそこの構造を調べたのでございます」

染谷が神明前で小柄な武士とお供の中間を見かけたのは、おそらくそれの総仕上げのときだったのだろう。それが昨夜、奇《く》しくも双方の動きが重なった。そして、あの仕儀になった……。

一同の目が、ふすまに注《そそ》がれた。

(ならばあちらは、いったい何者)

ここにいる者すべての、共通の疑問となった。ひと足さきに忍び込み、勝太夫と与次郎を葬ったのだ。いま、ふすまの向こうの部屋に寝ている。偶然か天の采配か、お仙と宇平、それに忠吾郎と仁左がそのとき現場にいなければ、この女は間違いなく弥勒屋に殺されていただろう。

忠吾郎が視線を染谷に向け、

「どうする、おめえにも仕事があろうが。まだしばらくここに残るか」

呉服橋に帰り、これまでの経緯を奉行に報告するか、それともふすまの向こうの女の正体が判るまで、ここに残るかを訊いたのだ。それに、黒永豪四郎と係り合いがあって切腹を命じられた元勘定方の娘が、黒永の命を狙っているとの消息も得たのだ。

「うーむ」

染谷は迷い、

「やはり仕事が忙しいから帰りまさあ。玄八、屋台を担ぐのは、午《ひる》が過ぎてからでもいいじゃねえのか」

「うーむ、そうさせてもらいまさあ」

玄八は返した。染谷はこんどは玄八を残し、これまでの経緯を、みずから奉行へ報告することにしたのだ。今夜にも黒永豪四郎は狙われかねない。若年寄の内藤紀伊守の標的が、消えるかもしれないのだ。一刻も早く奉行の耳に入れておかねばならない。

遊び人姿の染谷が座を立ち、残った者はひたすら女の目覚めるのを待った。

六

女が目覚めたのは、染谷が外濠の呉服橋を急ぎ足で渡ったころ、陽が中天にかなり近づいた時分だった。

お沙世とお仙が女の寝ている居間に入り、着替えをさせ、相州屋の女中と一緒に台所で生卵入りのお粥《かゆ》を用意した。

「えっ、ここは？」

女は狼狽《ろうばい》しながらも空腹を覚えたのか、お沙世とお仙に上体を支えられ、おいしそうにそれを胃ノ腑《いふ》に収めた。かきこむような食べ方ではなく、品があった。三十路《みそじ》は超していまい、知的な表情に敏捷《びんしょう》そうな、細身の女性《にょしょう》だった。一つ一つの所作も、

（武家の出）

お沙世とお仙は看《み》て取った。それはすぐに別間で待つ男たちにも伝えられた。

武家の女が賭場で胴元を襲った……。

一同には、ますます事態が判らなくなった。

女にも、なぜ自分がここに寝かされているのか解らない。部屋を見まわせば、武家屋敷ではなさそうだ。介抱してくれている女たちも見知らぬ者だ。

女は腹が満たされ、ひと息ついたようだ。だが、女のようすは、安堵するより警戒し、また怯《おび》えもあるように見えた。

お仙が昨夜の出来事を話すと、女は驚いたようすになった。賭場から逃げようとして背中を斬られ、何者かに背負われたことまでは覚えていた。

「わたくし、助けられたのですね。して、ここは?」

女は言うと、ふたたび最初の問いを口にした。

お沙世が、ここは相州屋という人宿であることを告げた。女はますます怪訝《けげん》な表情になり、

「それがなにゆえ」

また問う。表情には明らかに、警戒の色を浮かべている。訊きたいのはお沙世とお仙のほうである。問いは幾つもある。

忠吾郎が部屋に入ってきた。幾人もの男たちが床《とこ》を取り巻いたのでは、女は恐怖を倍加させ、口をつぐむかもしれない。別間で待っているあいだ、居間に入るのは忠吾郎一人、と話しあっていたのだ。仁左と宇平、玄八と万吉は別間に残っ

た。

居間に入った忠吾郎は、

「わしが相州屋のあるじで、忠吾郎と申す……」

と、まずみずからの身上を話した。女が武家の出らしいことを踏まえての口調だった。あとは忠吾郎のいつもの流儀で、相手を質すにはまず自分からである。賭場を襲おうと出向いたところ、

「――そなたが飛び出て来てのう」

と、そこはすでにお仙が話している。

女は弥勒屋を襲ったからには、そこがいかなるところか、知っているはずである。

「わしは人宿の同業として許せず、だから懲《こ》らしめてやろうとな……」

忠吾郎は弥勒屋を襲おうとした理由《わけ》を語った。

女は相州屋という人宿の血気盛んに驚きながらも、得心した表情になった。だが、みょうなことを訊いた。

「木村《きむら》さまは、お屋敷の木村さまは、いかが相なりましたか。お助けいただいたのは、わたくし一人でございますか」

「何者かのう、木村さまとは」

「えっ」

忠吾郎が逆問いを入れたのへ、女は軽い驚きの声を上げ、

「あなた方だけでなく、わたくしを助けようと、もう一人、部屋のほうから飛び出たお侍《さむらい》はおりませなんだか」

女は言った。

忠吾郎とお仙は顔を見合わせ、

「そなたを背負ったのはわしだが、賭場のほうに助っ人が出たような騒ぎはなかったが」

「そう、そなたを助けようと飛び出て来た者など……おればいまわれらと一緒にここにいるはずですが」

忠吾郎が言ったのへ、お仙がつないだ。

女が言うような者はいなかった。そこに間違いはない。

「まこと、まことでございますか。ううっ」

女はお沙世とお仙に支えられていた上体を動かし、傷口に痛みが走ったか、うめき声をあげた。忠吾郎がすかさず、

「いかん、寝かしてやれ」

「は、はい」

お沙世が応じ、お仙と二人で左右から女をそっと支えながら寝かせた。女は背の痛みに耐えながら言った。

「まさか、まさかさような」

いくらか興奮したようだが、人は仰向《あおむ》けに寝ると落ち着くのか、ひと息入れてから、そのまま話しはじめた。

「仲間が一人おりまして。家臣の、木村さまでございます。殿さまに言われ、二人で弥勒屋の賭場に上がったのでございます。一度目は物見で、昨夜は二度目でございます。丁半のあいまにわたくしが長火鉢と銭箱の置いてある部屋へ休息するように行き、お茶を一杯所望《しよもう》し、その動作のなかに、勝太夫と与次郎の湯飲みに、用意していた毒薬を入れ、二人を毒殺する算段でございました。成功、いたしました」

なるほど、女なら賭場の者たちは油断するだろう。それをついて毒物を飲ませるとは、忠吾郎たちの思い起こせない策である。あのときの屋内から聞こえた男どもの叫びは、それの成功したことを物語っていた。

「ですが、わたくしの仕業《しわざ》と賭場の者たちに見破られ、逃げようとして背中を斬られたのでございます。そうなった場合、木村さまがわたくしを、身を挺《てい》して助ける手筈だったのです」

だが、助けたのは忠吾郎とお仙たちである。木村という武士ではない。女は、そこまでは覚えている。しかもここまで運び、医者まで呼んで手当をし、さらに看護までしてくれている。

女のようすの変わったのが、明確に看て取れる。

枕元から、忠吾郎は問いかけた。

「木村というのは何者かのう。おそらく、盆茣蓙の場からそなたがうまくやったのを確認すると、あのどさくさにまぎれ自分一人で身を隠したのだろう。ああした場で、それは容易にできることだ。あるいは、最初からその算段だったのかもしれぬ」

女は、仲間の武士から見捨てられた……。

「ううっ」

「そのまま」

女は上体を起こそうとしてうめき、お沙世がそっと肩を押さえた。動けば、やはり傷口が痛むようだ。

ふたたび身を臥《ふ》せた女に、

「まだ解《げ》せませぬ。そなた、木村なる武士と組み、なにゆえあの賭場で殺しを仕掛けましたのじゃ。して、そなたはいったい」

お仙が女の枕元に身を乗り出し、問いかけた。まだ解せぬというより、これが最大の疑問点である。忠吾郎もお沙世も女の顔を見つめ、返答を待った。

「申します。なにもかも申します。わたくし、お屋敷にはもう戻れませぬ」

忠吾郎の言葉で、女は意を決したようだ。

「ふむ」

と、忠吾郎も上体を前にかたむけた。

語りはじめた。

「わたくし、普請奉行の黒永屋敷の腰元で、名は絹《きぬ》と申します」

「なんと！」

声を上げたのはお仙だった。敵《かたき》の屋敷の奉公人ではないか。これには忠吾郎のみならず、お沙世も目を丸くした。

「話されよ、お絹どの」

忠吾郎は逸《はや》る気を抑《おさ》え、静かな口調でさきをうながした。

お絹はふたたび語りはじめた。

「ちかごろ、お屋敷が騒がしくなっておりました。わたくしはご用人さまと女中頭《がしら》さまから呼ばれ、町場のやくざな一味がお屋敷に危害を加えようとしており、これを取り除かねばならぬと言われ、家中の若党《わかとう》のなかでも剣術達人と評判の木村さまとわたくしが、極秘のなかにその役目を仰《おお》せつかったのです」

「木村とは、黒永家の家臣か」

と、忠吾郎。用人とは、屋敷のなかの筆頭家臣である。

「はい。策は、できるだけ騒ぎにならぬ方途で、とご用人さまと女中頭さまがお立てになり、毒薬も用意され、幾度も練習をいたしました」

「恐くはなかったのですか」

と、お沙世。

「もちろん、恐くないといえば嘘になります。それよりも、奉公人の身で、お屋敷から極秘の役務を仰せつかるなど名誉なことであり、褒美《ほうび》もまた……」

お絹は言い淀《よど》んだ。おそらく法外な報酬が口頭で約束されたのだろう。

忠吾郎とお仙は顔を見合わせた。

（お絹は端《はな》から捨て駒にされていた）

二人の目は語っていた。木村なる者が助けようとしなかったことから、それは予測される。もちろん二人はお絹の前で、それを口に出したりはしない。

だが、お絹はかくも重大な役務に抜擢《ばってき》された腰元である。見かけどおり、利発で機転も利く女なのだろう。だからみずからも〝捨て駒〟にされたことに気づき、命を助けてくれた相州屋に、すべてを話す気になったのだろう。

話し終えると、お絹は疲れたか、また目を閉じた。

寝息を確かめると、お仙が忠吾郎にそっと言った。

「お絹さん、生きていることがわかれば、黒永屋敷の者に逆に命を狙われるかもしれません。黒永豪四郎は、弥勒屋勝太夫と与次郎の口を封じたのですから」

「その生き証人がお絹さん？」

「そういうことになるなあ」

お沙世が問い返し、忠吾郎は厳しい表情で応えた。

居間での看病にはお沙世が残り、忠吾郎とお仙は仁左たちの待つ部屋に戻り、仔細を話した。万吉は思わぬ経緯に、驚きのあまり口も利けないようすだったが、弥勒屋勝太夫と与次郎が確実に亡きものとなったことに、安堵もしているようだった。

玄八が、驚きを抑えた表情で言った。

「旦那。あっしはそろそろ屋台の準備に戻りまさあ」

「おう、そうしろ」

と、忠吾郎は街道まで出て見送った。奉行所へ、重大な消息の第二陣である。

向かいの茶店では、おウメが老いた身で盆を膝の上に置き、縁台に座っていた。忠吾郎は申しわけなさそうに声をかけた。

「すまないねえ、おウメさん。お沙世坊を借りちまって。ちょいと看病の必要なケガ人を預かっちまったのさ。代わりにと言っちゃなんだが、男だが若く活《い》きのいいのを一人、こっちへまわさあ。色気のない話ですまねえ」

「なあに、忠吾郎さん。元気なのが来て、薪割《まきわ》りやかまどの番をしてくれりゃ大助かりだ。色気はうちの婆さんでじゅうぶんだ」

「なに言ってんだい」

奥から久蔵の皺枯《しわが》れ声が飛んで来て、おウメが返した。二人ともまだまだ元気なようだ。

さっそく万吉が向かいの茶店にまわされた。

相州屋の奥の部屋には、忠吾郎と仁左、お仙に宇平の四人となった。四人とも、まだ驚きの色を表情に刷《は》いたままである。黒永豪四郎が目付や町奉行所の追及から逃れるために、弥勒屋勝太夫と与次郎に刺客を放ったことは、疑いの余地がないだろう。

忠吾郎はお仙と宇平に言った。

「おめえさんらのことについては、これ以上詳しくは訊かねえ。もし、帰る所に迷惑をかけたくなかったなら、どうだい、しばらく相州屋の寄子宿《うち》をねぐらにしねえか。わしはお仙どの、おめえさんを仙丸と呼ばせてもらうぜ」

〝仙丸〟とは、仇討ちのために付けた名である。黒永屋敷に打込む助っ人をしようというのだ。伊佐治を殺《や》った元凶が黒永豪四郎なら、忠吾郎には助っ人というより、仇討ち本懐に仲間が増えたというべきものであった。

言うと、忠吾郎は無言で仁左に視線を向けた。同意をうながしたのだ。

仁左は忠吾郎よりもお仙に視線を向け、

「あっしも、仙丸さんと呼ばせてもらいやすぜ。石丸仙右衛門どのが娘の名におのれの一字を付けなすったとは、それだけおめえさんへの期待も大きかったのでやしょう。そのお仙さんが仙丸に……。まっこと石丸家を背負った名ですぜ。草葉の陰で、仙右衛門どのも喜んでいなさろうぜ」

「まことありがたいお言葉、いたみいりまする」

と、仙丸と宇平は、恐縮の態になった。

午《ひる》をかなり過《す》ぎたころ、お沙世が忠吾郎たちを呼んだ。お絹がわずかに目を覚ましたのだ。

忠吾郎は居間に入り、言った。

「お絹さん、屋敷は危ねえ。向後の身のふり方が決まるまで、ここにいなさらんか」

お絹は横臥《おうが》のままうなずきを見せ、両目から涙を流した。黒永屋敷に捨て駒に使われた悔しさか、それとも命を救ってくれた相州屋への感謝からか。おそらくその両方であろう。お絹を混乱する賭場に置き去りにした若党は、名を木村征之《せいの》助《すけ》といった。

陽がかなりかたむいた。夕刻が近い。

おクマとおトラが帰って来た。

また井戸端で言った。

「なんなんだよう、仁さん。きょうも来なかったじゃないか。若い娘さんを担ぎこんで、ここできょう一日、鼻の下を伸ばしていたかね。つき添っていた人にも、若い娘さんがいたみたいだったからねえ」

「うふふふ、仁さんもやっぱり男だねえ。きょう来れば、けっこう見物《みもの》があったのに」

「見物？」

仁左は釣瓶で足洗の水を汲んでやりながら問い返した。

蠟燭の流れ買いのおクマが、蒼《あお》ざめた顔になって言った。

「驚いたよ。神明前のあそこさ、きのうの夜、賭場荒らしがあったって。それで神明前の店頭さんが殺されたって。恐ろしいよう。町のお人ら、喧嘩《けんか》が始まるんじゃないかって、恐々《きようきよう》としてなさったよ。それが増上寺のほうもさ、なんだか慌ただしくって」

「喧嘩、あったのかい」

「なかったから、よかったよう。でも、あしたはもう行かない」

おクマは身をぶるると震《ふる》わせた。

壱右衛門や弥之市たちの申し合わせは、うまく機能しているようだ。

おトラも言った。

「あの一膳飯屋の近くでさあ、みょうなことを訊かれたよ」

「みょうなこと？　誰に、なにを」

仁左は問い返した。

「お侍さんがさ、賭場で女が巻き添えで殺されたって話は聞かないかなんてさ。おかしいだろう、お侍さんがそんなこと。わたしらがそんなの知るもんかね。あのお侍さん、相当あっちこっちで訊いていたようだよ」

忠吾郎が縁側に出ている。婆さん二人の聞き込みの成果が気になるのだ。

二人が長屋に戻ると仁左は縁側に近づき、

「やっぱり黒永屋敷め、お絹さんの消息を探っているようでやすねえ」

「そのようだ」

忠吾郎は返し、

「それよりも、急がねばならんなあ」

と、その場にあぐら居に腰を下ろした。伊佐治が殺されて以来、仁左とゆっくり話す機会がなかった。いまようやくできたのだ。障子一枚の向こうには、仙丸とお沙世がお絹につき添っており、宇平は長屋のひと部屋を与えられ、そこに入っている。この主従もしばらく、相州屋の寄子になるよう忠吾郎が勧めたのだ。万吉はまだ向かいの茶店から戻って来ていない。

「急ぐとは？」

仁左は問い返した。縁先に立ったままである。

忠吾郎は言った。

「すんでのところで、弥勒屋勝太夫と与次郎の命を、黒永屋敷の者にさらわれてしもうた。これじゃ伊佐治に顔向けができねえ。お絹という腰元、大した女よ。それを仕組んだ黒永豪四郎まで、早くしねえとお城の目付にさらわれてしまうぞ。染谷と玄八が急いで帰ったが、ふふふ、呉服橋からすでに話は目付どのに行っていよう。おそらく若年寄にまでもなあ。黒永豪四郎が弥勒屋の口を封じたなんざ、糾問《きゆうもん》の恰好《かっこう》の材料にならあ」

「ふむ。旦那のおっしゃりてえのは、黒永豪四郎がお城の評定所の裁許で、切腹を賜るめえに、首を挙げてえと」

「そういうことだ。おめえ、なかなか勘がいいぜ」

「あははは、旦那を見ていると、それくれえ簡単にわかりまさあ。こんどは仙丸さんたちと合力し、お絹さんがおれば、黒永屋敷の構造は手に取るようにわかりまさあ。まったく旦那、相州屋《ここ》がさまざまな仇討ちの本陣になりやしたぜ。お付きの宇平どんもなかなかの腕で、あっしに斬りかかって来たときにゃ、恐怖を覚えやしたぜ。決行は、お絹さんが起きて屋敷の絵図を描けるようになれば、その日に……」

「ふむ」

忠吾郎はうなずいた。だが内心、思うものがあった。

（染谷たちはその都度、呉服橋へご注進に及んだが、仁左はなぜ徒目付組に走ろうとしない。悠然と構え過ぎじゃねえか）

長屋へ戻る仁左の背に、首をかしげた。

お絹はあしたにも、起き上がって文机《ふづくえ》に向かうことができようか。忠吾郎と仁左は障子の向こうに聞こえぬよう、低声《こごえ》で話しており、相州屋の裏庭は静かな夕刻になっていた。

四　仇討《あだう》ち本陣

一

　おクマとおトラが、賭場《とば》荒らしのうわさを持ち帰った翌朝である。

　万吉が釣瓶《つるべ》で水を汲《く》み、仁左とおクマ、おトラが手桶《ておけ》を足元に置き、それぞれに満たされるのを待っている。

「きょうはどこをながすね」

　仁左が言ったのへ、おクマとおトラがすかさず応《こた》えた。

「三田の寺町のほうさ。伊佐さんに線香、手向《たむ》けて来るよ」

「そう。神明前はしばらく行かない。物騒《ぶっそう》でさあ」

「だったら、俺も神明前、遠慮しようかなあ」

話しているうちに、

「へい、どうぞ」

と、万吉。それぞれの手桶に水が満たされていた。相州屋の寄子となった万吉に、すでにおクマとおトラの訓育は始まっているようだ。万吉に対して江戸暮らしの厳しさを語る必要はない。ならば訓育は、新たに奉公先が決まったときの心構えを仕込んでいるのか。朝の水汲みもその一環かもしれない。

おクマとおトラがさきに長屋に戻ると、

「万吉よ。旦那からきょうの予定は立ててもらったかい」

「へえ。お向かいの茶店で、火を入れるまえにかまどの修理をし、あとは薪割《まきわ》りと火の番でやす。きのうから、そう言われておりやす」

「ほう、そりゃあいい。行って来ねえ」

仁左は返し、内心を引き締めた。忠吾郎の配慮である。万吉を茶店にまわし、お沙世が店を空けられる時間を確保しておこうとの算段である。昨夜お沙世は茶店に戻ったが、また来ることになるだろう。宇平は日の出とともに出かけた。昨夜、

「――お世話になっている方々に、しばらく戻らぬが心配されぬようにと伝えて

おかねばなりません」

と、言っていた。神明前に騒ぎのあったあと、消息知れずでは心配する人々もいるだろう。

準備は進んでいる。さらに一歩進んだのは、おクマとおトラが商《あきな》いに出てからだった。仁左もすぐつなぎが取れるように、近場をながそうと準備にかかったところだった。居間に動きがあった。

昨夜もお絹には仙丸がつき添った。縁側に面した障子《しょうじ》が開き、仙丸が長屋に駈けこみ、お絹が目を覚まし、すっかり元気のようだというのだ。

（絵図が描ける！）

仁左はとっさに思い、縁側から居間に上がった。

すでに忠吾郎が枕元に坐っていた。

お絹は蒲団《ふとん》の上に上体を起こし、忠吾郎にしきりと礼を述べている。なるほど元気そうだ。だが、忠吾郎は慎重だった。仁左は忠吾郎に言われ、医者を呼びに行った。すぐに来た。十手《じって》の威力はまだ効いているようだ。仁左は念を押した。

「あっしは十手持ちじゃありやせんが、あの十手のお人から言われておりやす。ケガ人が相州屋に担《かつ》ぎこまれたのはたまたまで、口外無用、と」

「聞いておる」

医者は返した。染谷の仕事に、そつはないようだ。

診《み》ているあいだ、別間で忠吾郎は仁左に言った。

「奉行所よりもお城の目付だ。動きが気になる」

「呉服橋が神谷町の大黒屋と恵比寿屋に打込み、生身《なまみ》の手証《てしょう》をいっぱい得て黒い霧《きり》の視界をよくしたからですかい」

「おめえ、やはりよく見てるぜ。まるで目付配下の徒目付《かちめつけ》と話しているようだ」

忠吾郎はきわどい言葉を舌頭《ぜっとう》に乗せた。

だが仁左は、表情にいささかの変化を見せることもなく返した。

「ははは。旦那とつき合い、浜久で呉服橋の大旦那の話も聞いていりゃあ、それくれえのことはわかりまさあ。感じるのはそれだけじゃござんせんぜ」

「ん？　なにを感じた」

「へへ、旦那がいま思っていなさることでさあ。これでお絹を奉行所のお白洲じゃなく、お城の評定所《ひょうじょうしょ》に呼べば、即座に黒永豪四郎を引っくくれる、と」

「ふふふ、そのとおりだぜ。なにもお絹を評定所に呼ばなくても、染谷と玄八がきのうのうちに呉服橋にお絹のことは知らせていらあ。もう若年寄の内藤紀伊守の耳にも入《へえ》っていようよ。つまりだ、紀伊守の腹次第で、おめえの言うようにきようにでも黒永を評定所に呼び、その場で身柄を押さえ、老中から処断の裁許まで得られようて」

「で、どうしやす」

「そこよ。わしらが一日躊躇《ちゅうちょ》すりゃあ、神明前みてえにひと足違いってことにならあ」

「そのとおりで」

「おめえ、すまねえがひとっ走《ぱし》り、お目付の動きを探って来てくれねえか。神明前の轍《てつ》なんざ、もう踏めねえからなあ」

「えっ、あっしがですかい？」

仁左は驚いた口調になり、

「あっ、わかった。いまから呉服橋に走って染谷どんにつなぎを取り、大旦那にも会ってお城の動きを聞いて来い……と」

その返答に、

（こやつ、うまく逃げやがったわい）

忠吾郎は思わざるを得なかった。期待していたのは、仁左ががってんとばかりに江戸城本丸御殿の目付部屋に走ることだった。忠之が本丸表玄関で、すぐ脇にある目付部屋に向かう、仁左に似た下級武士を見かけているのだ。

ふすまの向こうに足音が立ち、

「お絹さんの介抱《てあて》、終わりました」

と、仙丸が呼びに来た。男の名でも、竹馬の古着のなかから選んだ着物を着けているから、町娘のかたちになっている。それが髷《まげ》を結わず背後に垂らす束ね髪にしており、顔立ちがきりりと整っているのが、得体の知れない色っぽさを醸《かも》し出している。朝方、仁左がお絹のようすを見ようと縁側から遠慮気味に障子を開けたとき、枕元に坐っているその姿が目に飛びこみ、

「――おっ」

と、思わず閉めようとしたものである。

仁左も忠吾郎と一緒に、もう一度居間に行こうとしたが、さきほどの話がまだ途中である。浮かしかけた腰をとめ、

「旦那、あっしはどうしやしょう。いますぐ呉服橋へ走りやすかい」

「ふむ、そうしてくれるか」

忠吾郎は返し、仁左はあらためて腰を上げた。

忠吾郎はまだ、仁左を試すのをあきらめたわけではない。まっすぐ呉服橋に向かうか、あるいは他所にまわり、北町奉行所は二の次にするか、

（あとで兄者《あにじゃ》に訊けば判るだろう）

その思いがある。

仁左は長屋に戻り、羅宇屋《らうや》のかたちをととのえ、背にカシャカシャと音を立て路地から街道に出た。

向かいの茶店にはお沙世が出ていた。盆《ぼん》を小脇《こわき》に、

「あら、仁左さん。きょうは？」

と、行き先を気にしている。というより、伊佐治の仇討《あだう》ちが気になるのだ。

「ああ、ちょいとな。万吉はどうしている」

「かまどの修理をして、いま裏で薪割り。ほんとよく働く人で助かっています」

「それはよかった。ならばお沙世ちゃん、いつでも時間、工面できるなあ。俺もそのことでちょいと」

言うと、ふたたび道具箱に音を立てた。〝そのことでちょいと〟など、お沙世にとっては気になる言葉だ。

「ん、もお。どこへ行くのよう」

ここ数日おなじ方向に向かう背を見送り、鼻をふくらませた。

仁左の背が街道の動きのなかに紛《まぎ》れると、

「お婆ちゃん、ちょいとお願い」

奥に声をかけ、仁左が出て来た路地へ下駄の音を響かせた。

裏庭の縁側に面した障子が閉められている。

「沙世です。お絹さんの具合、いかがでしょうか」

声をかけた。

「おう、ちょうどよかった。入れ」

忠吾郎の声だ。

ちょうどよかったとは、医者がおもて玄関から帰ったところだったからだ。路地から入ったお沙世とすれ違いになったようだ。見送った忠吾郎が、玄関から居間に戻ったところへ、庭からお沙世の声が入ったのだ。

お絹は蒲団の上で上体を起こし、そこに置かれた文机に向かっていた。仙丸の配慮か、夜着に着替え、髷は解かれ垂らし髪になっている。仙丸がその肩に、支えるように手をあてていた。その仙丸がお沙世に言った。

「お医者さまが、起き上がるくらいならいいと申されましてなあ」

「まあ、それはよかった」

お沙世も片方から、お絹の肩に手を添えた。文机の上を見ると、半紙に硯《すずり》が出ており、お絹が筆を取ったところだった。

「おまえも、知っておいたほうがいいだろうと思うてな」

忠吾郎は言った。

お沙世もすでに、仇討ち一統の一員なのだ。

二

――カシャカシャ、カシャカシャ
羅宇竹の音が街道に響いている。

「おっと、ごめんなすって」

向かいから来た、風呂敷《ふろしき》包みを背負った行商人とぶつかりそうになり、うまく避けた。急いでいる。

神明宮への枝道の前を通ったが、街道を通り過ぎただけでは、町のようすはわからない。ただ門前町であるその枝道は、参詣《さんけい》人や行楽客でいつもの賑《にぎ》わいを見せている。増上寺門前の店頭衆の申し合わせは、うまく機能しているようだ。

仁左の胸中に、忠吾郎が予想したような迷いはない。ひたすら呉服橋御門内の北町奉行所に向かっている。

（黒永豪四郎の首までさきを越されたのじゃ、伊佐治に申しわけが立たねえ）

その思いは、忠吾郎とおなじである。だから急いでいるのだ。

江戸城外濠《そとぼり》の呉服橋を渡ったのは、陽が中天にかかるにはまだいくらか間のある時分だった。

門番に来意を告げ、長屋門の門番詰所横の同心詰所で待っていると、すぐに小者が走って来て、

「染谷さまが待っておいでじゃ。さあ、急いで」

と、母屋《おもや》の裏玄関に案内された。

さらにそこから、羅宇屋の道具箱を背負ったまま、

「上がられよ」

と、奥のほうへいざなわれた。奉行所の廊下を、羅宇屋がカシャカシャと急ぎ足に歩いている。それが隠密廻り同心への用件なら、異様な光景ではない。隠密廻りの染谷自身が、いつも脇差《わきざし》を腰に差した遊び人姿で、廊下を歩けば奉行の部

屋にも入っているのだ。

「どこへ」

仁左はいささか緊張気味になった。同心溜りも与力部屋も通り越し、さらに奥へ向かっているのだ。羅宇竹に音が立たないように肩からはずし、小脇に抱え持った。

「お奉行さまの部屋でございます」

「えぇえ！」

仁左は驚いた。これまで北町奉行の榊原忠之とは金杉橋の浜久で、忠吾郎旦那の実兄として幾度も会っている。だが、奉行所内で目通りするのは初めてである。小者は羅宇屋を隠密廻りゆかりの者の変装と思ったか言葉をあらため、ふすまの前で端座《たんざ》の姿勢を取り、

「来客のお方、お連れいたしました」

「ふむ。入れ」

忠之の声だった。

思わず仁左は、

「ははっ」

武士のような返事をし、羅宇屋の道具箱を脇に置き廊下に片膝《かたひざ》をついてふすまを開けた。ホッとした。部屋の中には忠之と染谷の二人だけだった。端座で向かい合っている。仁左もそこに加わり、端座の姿勢をとった。染谷は着ながしに黒《くろ》羽織《ばおり》の同心姿で、髷も町人髷のなごりか月代《さかやき》は広いが小銀杏《こいちょう》に結っている。どこから見ても奉行所の粋《いき》な同心である。

「あはは、仁左よ。おまえさんと話すならあぐらのほうがいいのじゃが、まあ場所が場所ゆえ、堅苦《かたくる》しくなるのは辛抱《しんぼう》せい」

「へえ」

奉行の忠之が言ったのへ、仁左は町衆の口調で返した。

「まこと、ちょうどよかった」

また気さくな口調で、奉行の忠之は言った。仁左は聞いていなかったが、お沙世が相州屋の居間に縁側から上がったときも、忠吾郎がおなじことを言っていた。事態は新たな段階に入り、それが動き出しているのだ。

隠密廻りの染谷も言った。

「ほんとうにいいところへ来た。これまでのながれはすべて、きのうのうちにお奉行に話してなあ。その件でこれから登城し、俺もお供することになったのだ。

ただ駕籠《かご》についているだけでなく、評定所の部屋にも上がることになったのよ」

「えっ」

またも仁左は驚いた。与力をさしおいて、隠密廻りとはいえ同心が外で待つのではなく、評定の場に出るなど、異例中の異例ではないか。

染谷はつづけた。

「不意に来るとは、きのう俺と玄八が引き揚げてから、なにか変わった事でもあったのか」

「変わったことはござんせんが、お絹さんがすっかり元気になっておりやす。したが、まだ自在には動けないようで」

仁左は返した。奉行所の中であっても、談合しているのがこの三人だけとあっては、雰囲気は徐々に浜久に似てきた。

「ふむ、それは重畳《ちょうじょう》。で、おまえがわざわざ奉行所《こ こ》に来た用件はなんじゃ。またなにか重大事でも出来《しゅったい》したかと驚いたぞ」

と、忠之も染谷もそれを確認したくて、仁左を奥まで通したのだ。

仁左は端座しているものの気分は浜久になり、単刀直入に応えた。

「へえ。忠吾郎旦那からでやすが、若年寄の内藤紀伊守さまはいつ黒永豪四郎を召し取れと裁許されるのか、それを探って来い、と。忠吾郎旦那だけじゃありやせん、あっしもで。それに、ほれ、染どんも知っていやしょう、お仙どのもそれを知りたがっているはずでさあ。なにぶん、勘定方のお調べもさようでござんしようが、町場での手証も、もうじゅうぶんでやしょうから」

「ふふふ、仁左よ。おまえたちの考えておることは儂《わし》も心得ておる。忠次も浜久で言っておったでのう。それでわざわざおまえを儂の許《もと》に遣《つか》わすとは、忠次め、本気のようじゃのう」

「へえ」

仁左は返した。気になる奉行の言葉である。忠之の言った〝おまえたちの考えておること〟とはたぶん、仙丸を加えた相州屋の仇討ち一統が、若年寄から黒永糾弾《きゅうだん》の下知が出るまえに討ち取ろうとしているのを指していよう。奉行の忠之はそれを〝心得ておる〟と言い、相州屋忠吾郎を指して〝本気のようじゃのう〟とも言ったのだ。その意図はいずれにあるのか。そうはさせぬぞ……なのか。ならば自分がいま奉行所に来ているのは、それこそ〝わざわざ〟手の内をさらしに来たようなものではないか。

染谷が仁左の顔色を読んだように言った。

「仁左どん、慣例を破って俺が評定所の中までお奉行にお供するのは、それを城中のお方と談ずるためさ」

「さよう。できればこのままおまえも連れて行きたいのじゃが、そこまで慣例破りもできぬ。どうじゃ、午過《ひるす》ぎには戻って来るゆえ、ここで待つか。忠次も城中の動きを早《はよ》う知りたかろうからのう」

「へえ、待たせていただきやしょう」

仁左は返した。

このあと忠之と染谷は急ぐように腰を上げ、仁左もつづいた。

その動作のなかに忠之がさらりと言って、探るような視線を仁左に向けた。

「評定の相手に、目付の青山欽之庄どのもおってのう」

「うっ」

仁左は瞬時、その視線に応じたが、すぐさまさりげなく、

「あっしは奉行所《ここ》の正面門脇の同心詰所で、待たせてもらいまさあ」

返した。

仁左が羅宇屋の道具箱を抱え、廊下を裏玄関に向かってから、忠之は部屋で登城の準備をしながら言った。

「気づいておるのかどうか、読めなかったのう」

「はい。どちらともとれるような」

染谷は応えた。仁左が本丸御殿の表玄関の外で、忠之に姿を見られたことに対してである。

そのあとすぐ、奉行を乗せた権門駕籠が、数名の与力と挟箱持《はさみばこもち》の中間を従え、奉行所の正面門を出た。奉行所から内濠の大手門はすぐそこというのに、奉行の出仕となれば、こうした権門駕籠の一行を組まねばならない。

職人姿の仁左は、同心詰所から出てそれを見送った。供のなかに染谷がいる。染谷は奉行のお供で評定所に同座するためか、袴《はかま》に裃《かみしも》まで着けていた。これも隠密廻り同心の変装の一つかもしれない。

三

北町奉行の権門駕籠の一行は大手門ではなく、さらに近い竜之口《たつのくち》の評定所に向かっている。すぐに着く。

奥の部屋に顔をそろえたのは、勘定奉行の古川山城守氏清《ふるかわやましろのかみうじきよ》、若年寄の内藤紀伊守信敦、目付の青山欽之庄、それに北町奉行の榊原忠之であった。染谷は忠之の背後に座した。下問があったときのみ発言が許される。

この評定は、きのう染谷と玄八から報告を受けた忠之が、即座に使者を走らせて求めたもので、急遽《きゅうきょ》決まった非公式のものであった。かくも迅速《じんそく》にそれが進んだのは、いずれもがすでに集めた手証から、即刻の普請奉行糾弾を認めていたからである。勘定方を使嗾《しそう》し、各種普請現場での不正な公金のながれを調べ上げたのは勘定奉行だった。

勘定奉行の古川山城守は言った。

「かくも公然と賄賂《まいない》が横行しているのは、柳営《りゅうえい》（幕府）の箍《たが》がゆるんでいる証拠であり、正さねばならぬ。ゆるみの筆頭が普請奉行の黒永豪四郎であることは、勘定方の調べによりすでに明白じゃ」

「黒永が町場の不逞《ふてい》な輩《やから》とつるみ、悪行を重ね、そこで得た金銭を賄賂の資金としているのは、お上《かみ》の権威を揺るがす由々《ゆゆ》しき問題でございますぞ」

言ったのは忠之であった。

「いかように」

内藤紀伊守が問いを入れた。そこに染谷の出番があった。控えの染谷は語った。奉行の榊原忠之が語るよりも、命を賭《と》して現場を走った隠密廻り同心が直接語るほうが、白刃の迫力も信憑性《しんぴょうせい》もある。

そこには人足集めから黒永豪四郎が口封じのため、弥勒屋の殺害に及んだことも含まれていた。

「その生き証人は、いまわが掌中《しょうちゅう》にありまする」

忠之が補足した。実際に掌中にしているのは、忠次こと相州屋忠吾郎である。

さらに染谷の弁は、十二年前の勘定方・石丸仙右衛門の切腹にまで及んだ。まったくの濡《ぬ》れ衣《ぎぬ》であったことを、そのときの目付と勘定方が調べ上げていたとの消息を、忠之はつかんでいる。それを染谷に語らせたのは、忠之の策にほかならなかった。そのためにきょうの不意の評定を忠之は、願い出たのだ。忠之はまた補足した。

「よって石丸家に遺児がおれば、黒永豪四郎はその仇《かたき》と相なりまする」

一同は無言でうなずいた。

黒永豪四郎が石丸家遺児の仇となることは、きょう集まった面々の得心するところとなった。だからといって石丸家の遺児に、柳営が仇討ち免許状を出したならどうなる……。十二年前の柳営の裁許が間違っていたことを、天下にさらすことになる。あってはならないことである。だから一同はうなずいたが、無言だったのだ。

急遽の評定は進んだ。帰結は、この評定のまえからわかっていたと言ってもよい。評定所に黒永豪四郎を召して糾弾し、切腹を申しつけることである。

しかし、その結果どうなる。こたびの件は、町場が深く係り合っている。江戸市中の大きな話題となるのは必定《ひつじょう》である。それは同時に、柳営の不始末を天下にさらすことになるのではないか。一同の脳裡に、それが大きく圧《の》しかかっているのだ。

忠之は言った。

「秘かに仇討ちがおこなわれたなら、いかが相成《あいな》りましょう。柳営から箍《たが》のゆるみを除去できるばかりでなく、さようなゆるみや不正など、なかったことにできまする。ご政道に疵《きず》をつけることなく……」

そこを忠之は強調し、

「畏《おそ》れ多くも、上様（十一代家斉《いえなり》将軍）もそれをお望みになるのではありますまいか」

座に、しばしの沈黙がながれた。

若年寄の内藤紀伊守が忠之に視線を向け、静かに口を開いた。押し殺すような低い声だった。

「さような遺児がおるのか。仇討ち免許状など、出せぬのじゃぞ」

「おりまする。助太刀《すけだち》をする者も」

忠之は応えた。

一同には、その助太刀とは、

(奉行自身かそこに控えている隠密廻りではないのか)

思った者もいよう。内藤紀伊守もその一人である。視線を控えの染谷にチラと向けた。

染谷は無言で、両の拳《こぶし》を畳についた。

紀伊守はまた無言でうなずき、

「黒永豪四郎をこの場に呼び出すのは、しばらく猶予《ゆうよ》してはどうか。そのあいだにこたびの元凶が、病死あるいは乱心により急逝《きゅうせい》などすれば、すべてが丸う収まるのではないかのう。いかがでござろう、ご一同」

「異議はござらぬが……」

勘定奉行の古川山城守が、低く応えた。そこには、お絹を奉行所の白洲に呼ぶ必要もなく、弥勒屋の死の糾明も不要とすることが含まれている。山城守も青山欽之庄も、再度、無言のうなずきを示した。これまでのことも、これから起ることまで、

（すべてなかったことにする）

面々は合意したのである。合意というよりもむしろ、一同は柳営にも将軍家にも疵《きず》をつけない、その方途を選んだのである。

控えの染谷は、

（さすがお奉行）

感心していた。

（心置きなく仇討ちを。私闘であっても、不問とする）

願い出た臨時の評定で、望んだ方途に暗黙の了解を得たのだ。

忠之はほかにもまだ若年寄と打ち合わせなどがある。染谷はさきに評定所を退出した。お供の与力や中間たちは、奉行の退出まで待たねばならない。

染谷は着慣れない裃に袴の裾《すそ》を、外濠城内の大名屋敷の広い往還《おうかん》になびかせた。陽は中天をいくらか過ぎている。

北町奉行所の同心詰所の隅に、仁左は膝を抱えて時を過ごしている。さまざまな訴えや陳情《ちんじょう》の町衆が出入りし、小者が呼びに来ては母屋のほうに通される。それらが面会を求めるのは、おもに定町廻り同心であり、隠密廻り同心を訪ねて来る者などいない。

染谷が評定所を退出したころだった。

「あれっ、おめえさん。なんでここに？」

と、同心詰所に入って来たのは玄八だった。

「おおう。旦那のお帰りをまっているんだ」

仁左は返した。

詰所には他人の耳が幾つもある。さすがに二人とも名を呼ばず、染谷の名も出さない。玄八は屋台こそ担いでいないが、年寄りだけは扮《こしら》えている。奉行所の門番も、玄八を本物の年寄りと思っているかもしれない。

二人は詰所の外に出て立ち話になった。そのほうが他人に聞かれにくい。

「旦那にこの時刻、来るように言われてたのさ」

「俺は朝から来て、ここで待つことになったのさ」

どうやら染谷は評定所での結果を知らせに、玄八を札ノ辻に走らせるか、それとも一緒に行くかの算段だったようだ。そこへ朝から仁左が来たものだから、忠之は慥《しか》と忠次こと忠吾郎の意志を知ることができ、その分、明確に評定所で発言することもできたのだった。

　話しているうちに、染谷が急ぎ足に正面門に入って来た。門内のすぐ近くで仁左と玄八が話している。

「あははは。旦那。なんですかい、その身なりは」

　袴に裃では、お供の一人か二人でも連れていなければ恰好がつかない。むろん染谷は一人だ。しかも急ぎ足のせいか裃の左右がずれている。仁左は一行が出かけるとき見ているので、奇異には映らない。

「おう、来ておったか。おめえさんも待たせたなあ。すまねえ」

　染谷は照れ笑いをしながら歩をゆるめ、衣装に似合わない言葉で言うと、

「街道に出たとこの茶店で待っていてくれ。すぐ着替えて行くから。おっほん」

　と、咳払《せきばら》いをして裃の乱れをなおし、母屋の玄関に急いだ。

「どこだい、街道の茶店って」

「おう、案内すらあ。こっちだ」

　と、仁左は羅宇屋の道具箱を背負い、玄八につづいた。

呉服橋を渡ると、そこはもう日本橋を近くにひかえた町場で、すこし歩くと繁華な街道に出る。その角に茶店がある。さすが日本橋に近いとあって、おなじ街道筋でも札ノ辻の茶店とは構えからして違う。縁台も札ノ辻では板がそのままむき出しで、お沙世がいつもそこに出ているのだが、こちらは外に出してある縁台にまで赤い毛氈《もうせん》がかけられ、赤い日傘《ひがさ》まで立てている。

暖簾《のれん》をくぐると奥が板敷きの部屋に分かれている。玄八は常連のようで、すぐ奥の一室に通された。同心が外来者と奉行所内で話せないときなど、この茶店を利用している。きょうの評定所での談合など、まさに奉行所内では話せない内容が、話し合われたのだ。

「やあ、仁左どんすまねえ。きょうはもう朝から待たせるばかりでよ」

と、染谷はすぐに来た。いつもの脇差を帯びた遊び人姿になっている。髷も町人髷だ。このほうが染谷は生き生きとして見える。

板敷きの部屋に薄べりを敷き、三人は鼎座《ていざ》になった。

お茶と茶菓子が運ばれたが、茶汲み女は遊び人姿が奉行所の同心だと知っているのか、鄭重《ていちょう》な接待ぶりだった。それが退散するのを待っていたように、

「実はなあ」

と、染谷は上体を前にかたむけ、低声《こごえ》になった。なにやら極秘の話のようだ。仁左も玄八も染谷にひたいを寄せた。

仁左はそれを聞くために、きょう半日近く、

(お奉行は俺たちを抑《おさ》えこむつもりかい。それとも、見て見ぬふりをしてくれるってえのかい)

と、それを気にしながら同心詰所で待っていたのだ。

染谷は低い声で評定所での顔ぶれから説明し、言った。

「いやあ、さすがはお奉行だ。胸の痞《つか》えが一気に下りた思いになったぜ」

「なにを一人で喜んでいやがる。評定所にご大層な雁首《がんくび》がそろって、どんな話になったのでえ」

仁左はさきを急かした。

染谷は評定所での内容を、詳しく語った。

ある程度予想していたこととはいえ、驚きがその場に走った。

「へぇえ、やっぱりそういうことに。こいつはおもしれえ。相州屋の仇討ち一統に、どうぞってことでやすね」

玄八が言ったのへ、仁左は念を押すようにつづけた。

「間違《まちげ》えねえだろうなあ。こっちはお絹さんをかくまい、仙丸さんにも黒永豪四郎にひと太刀つけさせなきゃならねえのだ。奉行所の邪魔《じやま》が入ったんじゃ、やりにくくってしようがねえ」

「さっき話したとおりだ。黒永豪四郎に消えてもらって、あとは何事もなかったように過ごすのだ。だからよ、おめえさんらも派手にならねえように、うまくやってもらわなくっちゃ困るぜ。伊佐どんのいねえのは痛《いて》えが、おめえさんと忠吾郎旦那のことだ。問題ねえと思うが。仙丸どのには親の仇で、相州屋さんにゃ伊佐どんの仇討ちだよなあ。俺も加わりてえくれえだぜ」

「あっしもで」

玄八が喙《くち》を容《い》れたのへ染谷は返した。

「そうしろ。相州屋さんは一人欠けているんだ。そこを埋めさせてもらえ」

「えっ、いいんですかい」

「しっ」

大きくなった玄八の声に、染谷は叱声《しっせい》をかぶせた。

染谷にすれば、玄八を相州屋に張りつけ、動きを掌握しておく算段もある。

仁左は返した。

「ありがてえぜ。忠吾郎旦那も喜びなさるはずだ。札ノ辻に帰《けえ》ったら、さっそく旦那に話しとかあ。そうそう、確認しておきてえんだが、お絹さんが弥勒屋勝太夫と与次郎に毒を盛った件だが、それも奉行所は手を出さねえんだろうなあ」

「あはは、あそこは門前町だぜ。あの腰元、いい所でやってくれたものだ。奉行所が手を出せねえ、いい口実をつくってくれた。きょうの評定のながれで、黒永豪四郎の悪事がなかったことになりゃあ、弥勒屋が口封じに毒を盛られたのだって、なかったことになっちまわあ。まあ、勝太夫と与次郎は自業自得で殺され損ってことにならあ。そうするためにゃ、黒永豪四郎に人知れず死んでもらわにゃならねえ。俺も及ばずながら合力させてもらうぜ」

この染谷の言葉で、同心詰所で待ちながら悩んでいたことが、まったくの取り越し苦労だったのがはっきりした。仁左は言ったものである。

「ふふふ、染どん。おめえさんも俺も、お互い、いい旦那を持ったもんだぜ。その旦那がまた実の兄弟同士たあ、ますますおもしれえ。おっと、もう一つ、確かめておきてえ」

「なんでえ。すべて話したぜ」

「ああ、聞いた。そのなかの一つだ。お目付さんも、その方針に同意されたのだなあ」

「ん？　おめえがなんでそんなことを訊く」

染谷は思わず仁左の顔をのぞきこんだ。

仁左はいくらか早口になり、

「いや、なんでもねえ。ちょいと確かめただけだ。さあ、俺は早《はよ》うこのことを忠吾郎旦那に知らせてえ。帰《けえ》るぜ」

腰を上げた。染谷はそこに不自然なものを感じたが、ほんの一瞬だった。仁左が忠吾郎にこの話を寸刻も早く伝えたいのはほんとうだ。染谷も仁左に早く伝えたくて、評定所から急ぎ戻って来たのだ。

おもてに出た。

「仁左どん。俺は屋台の準備をしてからすぐ行かあ」

「おう、待ってるぜ」

仁左は街道にカシャカシャと音を立てた。急ぎ足になっている。その背を染谷は、無言で見送った。

四

陽は西の空にまだ高い。

相州屋の奥の部屋である。裏庭に面した居間ではない。そこにはお絹が寝ている。あとはもう、傷がふさがるのをおとなしく待つだけである。

奥の部屋には、忠吾郎と仁左が足をあぐらに組み、向かい合っている。仙丸は居間でお絹の看病というより、話し相手になっていた。

「そうかい。兄者は評定所という大事《でえじ》な場で、そういうふうに話を持って行ってくれたかい」

仁左の話を聞き終わった忠吾郎は満足そうに言い、

「だがよ、あははは」

笑い出した。

染谷が仁左に詳しく話したように、仁左も忠吾郎に詳しく語ったのだ。染谷が黒永豪四郎には〝人知れず死んでもらわにゃならねえ〟と、注文をつけたことも、染谷の話として仁左は語った。

また、奉行所で忠之に直《じか》に会い、そのあと同心詰所で待ちぼうけを喰い、評定所には目付の青山欽之庄も出ていたことなどから、忠吾郎は染谷に確かめなくても、仁左が江戸城本丸御殿に行っておらず、行ったのは奉行所だけであることが確認できた。

それに染谷と仁左の話には、誇張や省略はない。二人とも、伝達は相手のためにもありのまま、確実でなければならないことを心得ている。そこは忠吾郎も信頼している。だから忠吾郎の達磨顔に笑いが出たのだ。

「なにがおかしいので？」

仁左は怪訝《けげん》な顔になった。

忠吾郎は言った。

「わしらの思いと、柳営の思惑はまったく異なるが、策としては一致しているってえことだ。つまりよ、お上《かみ》はご政道に疵《きず》がつかねえように、それでいてご政道のために黒永豪四郎も弥勒屋勝太夫も、秘かに葬りてえわけだろう。もっとも勝太夫と与次郎は、お絹が葬ってくれたがよ」

「それでいいじゃねえですかい」

「むろんだ。わしらが柳営のお人らに乗せられたみてえだが、乗ってやろうじゃねえか。逆に考えりゃあ、仇討ち免許状のねえ仇討ちを、お上が公認し目をつむってくれるってことだろう。まあ、それをあとから聞かされたんじゃ腹も立つだろうが、まえもって知らされりゃあ、逆にありがたいぜ」

「そのとおりで」

「ところで、思わねえかい」

「なにをでござんしょう」

「もう百年以上もめえのことになるが、赤穂《あこう》の浪人衆が吉良《きら》さまの御首《みしるし》をちょうだいしたのとよ。ありゃあ片や切腹にお家断絶で、片やお構いなしなどと、柳営が処置の誤りに気づき、赤穂のお方らが討入りやすいように仕向けた……」

「あっ、そういえばそうなりまさあ。で、いつ討入りやす。準備が必要と思いやすが。伊佐どんが欠けた分、玄八どんが埋めてくれやしょうから。どう策を立てやす」

「玄八がこっちの手になってくれるのはありがてえ。やるのは今夜だ」

「えっ」

「おめえが呉服橋に向かったすぐあとだった。お絹がこれを描いてくれてなあ」

驚く仁左に、忠吾郎は言いながら半紙を示した。

「ほっ、これは」

と、半紙二枚に描かれた黒永屋敷の絵図だった。小石川の武家地で、そこに普請奉行の拝領屋敷はあった。

「お絹は描いただけじゃねえ。人の配置はむろん、どこがどうなっているかもこと細かに語ってくれた。お絹め、わしらが仇討ちにこの絵図を必要としていることに気づいておる。だからかくも詳細に描き、絵解《えと》きまでしてくれたのよ」

「したが、これだけで今夜討入りたあ、性急に過ぎやせんかい」

「ふふふ、仁左どんよ。おめえもあとで確かめてみねえ。お絹が語ってくれたのは、この絵図の絵解きだけじゃねえ。黒永屋敷め、弥勒屋から吸い上げるだけじゃやのうて、てめえっちの中間部屋でもやってやがったぜ。ご開帳をよ」

「えっ、賭場を！」

仁左は再度驚きの声を上げた。

武家屋敷が賭場を開帳するのは、そう珍しいことではない。旗本がおもての体面を保つため、裏で賭場を開帳するのだ。その多くは、町場のやくざ者に中間部屋などを貸して開帳させ、てら銭をふところに入れるというものだ。ところが黒永屋敷は、屋敷そのものが胴元《どうもと》になって壺振《つぼふ》りを雇い、開帳しているという。それだけ実入りも多くなる。

お絹の話では、けっこう客がついているらしい。それには理由《わけ》がある。町奉行所が開帳のうわさをつかんでも、そこが武家屋敷なら支配違いで踏みこめない。だから客は弥勒屋などのような寺社門前の賭場より、もっと安心して遊べるというわけである。

それを黒永屋敷はやっていた。どうりで勝太夫と与次郎の口を封じるとき、賭場で毒殺する策を考えついたものである。若党の木村征之助も、賭場の間合いを心得ていたから、お絹を置き去りにしてうまく逃げることができたのだろう。

「――中間部屋の賭場で、木村さまの手ほどきで、幾度か修練をしました」

お絹は忠吾郎と仙丸に明かしたという。実地に予行していたのだ。

「――予行では、木村さまがすぐさま、わたくしを護ってくださることになっていたのです。木村さまは屋敷の賭場で、いつも用心棒をなさっておいでの方で、わたくし安心したのが不覚でございました」

語ったとき、恐怖がよみがえったか、両手を震わせ悔しがったという。仙丸や忠吾郎たちがその場にいなかったなら、お絹は確実に殺されていたのだ。

仁左は驚きの声を上げたものの、すぐに落ち着き、

「なるほど、それで今夜ということでやすね。黒永豪四郎もなんとか賭場に出て来るように仕向け、木村征之助ともども討ち取る、と。賭場で襲うのは、すでに策を立てやしたからねえ。あのときはお絹さんにさきを越されやしたが」

と、今宵、打込むことに得心の表情を見せた。

だがすぐに声を落とし、

「旦那、玄八どんが助っ人に来て、奉行所も目付も、見て見ぬふりをするってえのは、仙丸さんにはどう話しやす」

「それよ」

と、忠吾郎もそこには悩んでいるようだった。

忠吾郎も声を落とした。

「ともかく、今宵の策を立てるのが先決だ。つまらねえことを話し、わしらがまるで奉行所や目付の手の平の上で踊っているような印象を与えたりすりゃあ、仙丸も宇平も動揺し、うまくいく策もうまくいかなくなるかもしれねえ」

「だから、どうしやす」

「仙丸は、染谷も玄八も、相州屋のゆかりの者と思うておる。当面はそれでよかろう。町方が出て来ねえのは、お上の支配違いゆえにと解釈できようよ」

「へい、承知いたしやした。そういうことで」

話しているところへ、玄八がそば屋の屋台を担いで来た。

陽は西の空にかなりかたむいている。裏庭に屋台を置き、奥の部屋で、

「そういうことに」

と、仁左から岡っ引の身分を伏せるように言われ、

「わかってまさあ。染谷の旦那のこともでやしょう」

玄八は返した。そこへ打込みは今宵と聞かされ、

「えぇえ！」

と、仁左以上に驚きを見せ、賭場の一件を聞かされるとすぐ納得した。

忠吾郎から、

「ひとっ走り、呉服橋に知らせておくかい。いまならまだ間に合うぜ」

「それには及びませんや。あっしはこっちに張りついた以上、こっちの人間でさあ。そこは染の旦那も心得ておいでで」

心強い返答が返ってきた。

お絹の話では、ほとんど毎日開帳しているらしいが、ときおり休むこともあるとか。黒永屋敷では弥勒屋の口を封じたものの、捨て駒にしたお絹の行方がわか

らなくなり、生死も不明とあっては、不安を感じているはずである。お絹が弥勒屋に生け捕られ、口を割っているかもしれない。もしそうなら、弥勒屋の若い衆が客を装《よそお》って賭場に入りこみ、報復の挙に出ないとも限らない。

「ようす見で、閉じているかもしれやせんぜ」

と、さっそく玄八は策を立てる仲間に加わった。

奥の部屋には忠吾郎と仁左、玄八、仙丸と、外出から帰って来た宇平、さらにお沙世の顔もそろった。仁左が向かいの茶店に呼びに行ったとき、お沙世はすぐさま前掛をはずし、いそいそと来たものである。店の手伝いに入っている万吉が奥から出て来て、薪割りの鉈《なた》を手にしたまま、

「あのう、なにか特別な動きでもありやしたのか」

「いや、大したことじゃねえ。おめえはおとなしく茶店《ここ》を手伝っていねえ。大事な働き手だからなあ」

仁左は手で押し戻す仕草をとった。

万吉にすれば、殺された千太の仇討ちの意味もある。だが相州屋番頭の正之助が、どこかいい奉公先を見つけてやろうとしている寄子である。そうした者に、修羅場の片棒を担がせるわけにはいかない。もちろんお沙世も、闊達《かったつ》であっても

町娘である。刃物を持たせたりはしない。それが忠吾郎の方針であり、仁左もそこは心得ている。

奥の部屋に鳩首《きゅうしゅ》する面々の前には、お絹が描いた黒永屋敷の絵図が広げられている。賭場が開帳される中間部屋、奉公人らの住まうお長屋、その人数、豪四郎の寝所、厠《かわや》の場所など、一同はすべて把握した。

今宵の打込みは、お絹には伏せている。捨て駒に使われたことに手を震わせ、怒りと悔しさを顕《あら》わにした女である。背中の傷もまだ癒《い》えぬなか、お屋敷の中なら、わたくしが手引きをなどと言いかねない。

相州屋の帳場では、奥の動きに関心を示さない番頭の正之助が、帳場格子の中に座り、小僧を差配して淡々と人宿の仕事をこなしている。奥で鳩首しているあいだにも、奉公先を求める者が幾人か暖簾をくぐっていた。

街道ではそろそろ、きょう一日を終える慌ただしさを見せはじめている。

緊張に包まれた奥の部屋では、それぞれの役割が決められ、忠吾郎が仙丸と宇平に視線を向けた。

「もしも今宵、開帳がなければ即座に引き揚げる。焦《あせ》って忍び込もうなど、決して考えてはならんぞ」

「もとより」

仙丸と宇平は返した。

そば屋の屋台を担いだ玄八が、路地から街道に出たところで、

「ありゃりゃ、玄八さん、来てたの」

「ここから仕事に？」

帰って来たおクマ、おトラと鉢合わせになった。二人はきょうも増上寺や神明宮を避け、逆方向の高輪大木戸のほうをまわっていた。

「ああ、近くまで来たもんで、ちょいと寄ってみたのさ。お絹さん、あとはもう安静だけみたいだねえ」

「そりゃあそうさ。居間で大事にしてもらっているから」

玄八は年寄りを扮《こしら》えており、おクマとおトラは実際にそう見ている。玄八と染谷の素性は知らず、屋台のそば屋と遊び人と思っている。お絹が負傷した真相も知らない。

裏庭に入り、仁左がきょうも仕事に出たようすがないのを見ると、

「なんだね、まだ伊佐さんの喪《も》に服しているのかね。伊佐さん、そんなこと喜ば

ないよ。あ、わかった、お絹さんと仙丸さんだ。二人とも若くて別嬪《べっぴん》さんだから
ねえ」

忠吾郎や仁左がお仙を仙丸と呼ぶものだから、おクマとおトラもみょうな名だと思いながら、そう呼んでいる。

「なんだ、あの二人がお目当てかね。そろそろ仕事に出ないと、ここの長屋、おん出されてしまうよ」

おクマがからかうように言ったのへ、おトラも意見するようにつづけた。仁左は出かけるまえに、まだそのままにしている伊佐治の竹馬に今宵の出陣を一言告げようと、母屋から出て来て長屋に戻るところだったのだ。

表玄関からは、ちょうど仙丸と宇平が出たところだった。身なりは神明前で染谷の目にとまった、あのときの笠をかぶり袴を着けた小柄な武士と、お供の中間である。やはり仙丸は、父・仙右衛門の仇は、娘より武士姿で正面から堂々と決めたいようだ。中間の宇平は挟箱《はさみばこ》を担いでいる。中には忠吾郎、仁左、玄八、それにみずからも使う脇差《わきざし》が入っている。途中で暗くなったときの用意に、人数分の提灯《ちょうちん》も入っている。

つぎに玄関を出たのは、

「それじゃ番頭さん、あとを頼みますよ」

と、忠吾郎とその娘のようなお沙世だ。忠吾郎はいつもの長煙管は持たず、羽織を着け、押出しの利きそうな商家の旦那風である。

「お爺ちゃん、お婆ちゃん。帰り遅くなるから」

お沙世が茶店の中に声を入れた。奥から久蔵とおウメが出て来たが、

「あまり遅くならんようにな」

と、どこに行くか詳しくは聞いていないが、忠吾郎のお供なら心配することはない。攫《さら》われた娘たちを救うため、川向こうの業平橋《なりひらばし》の智泉院《ちせんいん》分院に打込んだときは、浅草《あさくさ》に泊まりがけだったのだ。

そのあとすぐ、仁左が路地から出て来た。股引《ももひき》に腹掛《はらがけ》、腰切半纏《こしきりばんてん》を三尺帯で決めた職人姿である。仁左にとって、これが一番動きやすいのだ。カシャカシャの道具箱は背負っていない。

万吉は茶店の奥でかまどの火を落としにかかっている。久蔵とおウメはまだ街道に出ており、

「なあに、呉服橋の大旦那にちょいと呼ばれ、俺もお供でご相伴《しょうばん》に与《あずか》ろうって寸法でよ」

「おぉ、お沙世もそんなこと言っていた」

仁左が言ったのへ、久蔵が返した。〝呉服橋の大旦那〟なら、忠吾郎と昵懇《じっこん》で浜久によく来る、品と貫禄《かんろく》のあるお武家、と孫の久吉や嫁のお甲から聞いている。久蔵もおウメもやはり心配だったようで、孫娘の行き先が確認できて安堵の表情になった。業平橋のときもそうだったが、まさかこれから伊佐治の仇討ちに行くなど、夢にも思っていない。お沙世は久蔵とおウメに、

「――ちょいと忠吾郎旦那のお供で、仁左さんも一緒」

と、言っていたのだ。

仇討ちは、相州屋を出るときから、すでに始まっているのだ。

五

小石川の界隈《かいわい》に入ったとき、それぞれが提灯を手にしていた。町場も人通りは絶え、武家地はなおさら灯り一つも見えない。

黒永豪四郎の拝領屋敷が、外濠の小石川御門の外であるのが、一行にはありがたかった。

その武家地に歩を踏んでいる。相州屋を出たときとは、順番が入れ替わっている。そば屋の玄八のみがはるか先を行き、すでに物見《ものみ》の役務に入っている。最後尾だった仁左が前を行く二人に追いつき、お沙世と二人で左右から忠吾郎の足元を提灯で照らしている。大店《おおだな》のあるじが、出入りの職人と女中を随《したが》えている風《ふ》情《ぜい》だ。その提灯の見える後方に、中間姿の宇平が挟箱を担いだまま、仙丸の足元を提灯で照らしている。どこから見ても武家主従だ。不自然に見えるところはまったくない。

忠吾郎たちが仙丸主従と四ツ谷御門前で前後を入れ替わったとき、

「開帳していなければ、必ず引き揚げるのだぞ。決して逸《はや》ってはならぬ」

忠吾郎が仙丸の歩に合わせ、武家言葉で念を押した。

「承知」

仙丸は応えた。

途中で前後を入れ替わり、声をかける機会をつくったのは、この一言を言うためだった。また、その主従を最後尾に置いたのは、主従が賭場に関係なく、黒永屋敷に飛びこむのを警戒したからである。二人とも、相州屋で見た絵図を頭に叩きこみ、豪四郎の寝所の位置もわかっている。神明前の弥勒屋の賭場で、お絹が飛び出て来なければ、二人で打込んでいただろう。無謀である。実際、さきほど〝承知〟と応えた仙丸の口調は上ずっていた。危ない。

さらに歩を進め、角を曲がれば、黒永屋敷の裏門がある狭《せま》い通りとなるところまで来た。

「――そこの潜《くぐ》り戸を叩けば、門番の中間が開けてくれます。合言葉などありませぬが、初めての者は常連の者と一緒でなければ入れてもらえません」

お絹は言っていた。安全な武家屋敷の賭場でも、それなりに警戒はしているようだ。常連の同行なしで入る……。策はすでに立てている。

角を曲がった。

そば屋の屋台が灯りを点《つ》け、湯気を立てている。玄八である。お絹の言ったとおり、すこし先に小ぢんまりとしているが潜り戸を備えた門がある。

屋台の前に立ち、忠吾郎は言った。

「どうだった」

「やっておりやすぜ。さっきも三人ばかり、商家の旦那風がそこの潜り戸を叩き、入《へえ》って行きやした。そのなかの一人から、あとで来るから待っておれと声をかけられやした」

賭場の近くに屋台を出しておれば、一度に四、五人分持って来いと出前の注文を受けることもある。

「ほう。間違《まちげ》えありやせんぜ」

「よし」

仁左が言い、忠吾郎は応じた。お沙世は唇《くちびる》を一文字に引き締めた。

仙丸と宇平が角を曲がって来た。

すかさず仁左が言った。

「安心しなせえ。やっておりやすぜ」

「ふむ」

仙丸がうなずいた。これで仙丸主従が暴走する懸念はなくなった。

忠吾郎は言った。

「よいか。あくまで申し合わせたとおりに。お沙世、行け」

「は、はい」

お沙世は緊張を乗せた返事をし、提灯を手に裏門に向かった。仙丸は笠をとり宇平と角に身を隠した。忠吾郎と仁左はそば屋の客のふりをした。

潜り戸を叩いた。女の度胸か、その音に落ち着きを取り戻した。

「どちらさまで」

声が返って来た。お沙世は返した。若い女の声である。

「ご当家のお女中で、お絹さまというお方の遣《つか》いで参りました。若党の木村さまに、お取次を願いまする」

「なに！」

驚愕《きょうがく》を乗せた声が聞こえ、潜り戸が開き、門番の中間が顔をのぞかせた。

策は当たった。

黒永屋敷ではさんざんにお絹の消息を探った。弥勒屋勝太夫と番頭与次郎の殺害には成功した。お絹が弥勒屋の者に斬られたところは、若党の木村が見ている。だが、その死体がない。生死がわからないのだ。もし生きていて町奉行所か目付の役宅に駈けこもうものなら、黒永屋敷はどうなる。いまその遣いの者が、屋敷に訪《おとな》いを入れた。門番の中間も、お絹の探索に走った一人であろう。驚きの声から、それが推測される。

顔をのぞかせた中間は提灯をかざし、

「ふむ、間違いなく町娘だな」

安心した口調になり、

「いま〝お絹〟と言ったようだが、生きておるのか」

「はい」

「どこに」

「ですから、それは若党の木村さまに直接。賭場が開かれておれば、そこに出ておいでと聞いておりますが」

「うっ、確かに。ここで待っておれ」

門番の中間は外の屋台を確かめることもせず潜り戸から顔を引き、半開きにしたまま提灯を手に奥へ駈けこんだ。

「ふーっ」

お沙世は大きく息をつき、屋台に提灯を振った。

屋台も提灯を振った。仁左だ。

角から仙丸と宇平が黒い影を見せるなり裏門に走り、素早く中に消えた。宇平の腰の木刀は、脇差に変わっている。

相州屋で申し合わせたとおりに進んでいる。最初に訪いの声を入れたのが男の声なら、門番は警戒し、同輩をあと一人か二人呼び、仙丸と宇平が門内に忍び込む隙は見せぬだろう。まずお沙世が出て、門番を油断させる。策の第一幕である。

「――成否は、おまえの最初のやりとりにかかっておるでなあ」

来る途中、忠吾郎はお沙世に言った。提灯を手にお沙世は潜り戸の前にたたずみ、いまその言葉を嚙《か》みしめていることだろう。

屋台では、忠吾郎と仁左が立ったまま、さりげなくそばを手繰《たぐ》っている。賭場に新たな客が来たときの用心である。客がやって来たら、忠吾郎と仁左が声をかけ、ひと勝負まえの腹ごしらえをと誘って、足止めする算段である。

潜り戸に動きがあった。第二幕である。

勢いよく潜り戸から出て来た人物は、着ながしに大刀を帯びている。

「この女で、木村さまに直接と言ったのは」

門番の中間が言ったから、その武士が若党の木村征之助であろう。

「ふむ。確かに町娘だ。お絹は生きておるのか、いまどこにいる。して、用件とは！」

若党はお沙世に矢継《やつ》ぎ早《ばや》に問いを浴びせた。かなり慌《あわ》てているようだ。無理もない。探索していたお絹の消息が、いま判明しようとしているのだ。お沙世は返した。

「はい。そのことは、うちの旦那さまが直接、木村さまに」

と、屋台のほうへ提灯をかざした。

「なに？」

木村征之助は屋台のほうを見た。

忠吾郎と仁左はそばの碗《わん》を屋台に戻し、

「これは木村さまでございますか。かような時刻に申しわけありませぬ。わたくし、神明前の神具屋の柏木屋《かしわぎや》のあるじ、忠太夫《ちゆうだゆう》と申します」

と、揉《も》み手《で》をしながら歩み寄った。〝太夫〟の名をつけたのは、殺害された勝太夫から拝借した皮肉である。斜めうしろには、職人姿の仁左が提灯を手に腰を折ってつづいている。ここからが、仁左と忠吾郎の出番である。

「ん、柏木屋？」

木村征之助はつぶやくように復唱した。柏木屋という神具屋は、確かに神明前に実在している。しかも、弥勒屋の近くである。お絹の消息を追って神明前を幾度も走り、聞き込みを入れた者なら、あるじの名は知らぬまでも、その存在は確認しているだろう。その柏木屋にも、聞き込みを入れているはずである。

提灯を手に、木村征之助の斜めうしろに控えている中間が、

「木村さま、そのお店《たな》なら、確かに」

そっと言った。やはりこの中間も、お絹探索に走った一人のようだ。

白壁に挟まれた狭い路地のような往還に、二つの灯りが対峙《たいじ》している。

「ふむ」

木村はうなずき、目を凝らした。若党といえど武士である。忠太夫なる者もうしろの職人姿も無腰で、武器を帯びていないことを確かめたようだ。若い女につづき、無腰で対手《あいて》に油断させるのも、相州屋で話し合った策の一環である。

忠太夫の忠吾郎は言った。

「木村さま。数日前、弥勒屋さんで騒動があった日の夜でございました。うちに出入りのこの職人が、若い女を担ぎこみまして。見れば血にまみれ……」

「へえ、実はあの日、あっしも弥勒屋の賭場におりやして。驚きやした。弥勒屋の若い衆に斬られた女がおりやして。あっしは必死に助け、こちらの柏木屋さんに担ぎこみやしたしだいで、へえ」

「ううっ、生きておるのか。そんな近くに⁉」

木村は乗って来た。

忠太夫の忠吾郎は言った。

「はい。介抱《かいほう》の結果、まだ本復《ほんぷく》ではありませんが、意識もしっかりし、口もきけるようになりましてございます。それでお絹さまが、ご当家のお女中とわかったしだいでして」

「ふむ。で、なにか言ったのか。当家のことを」

「はい、申されましたでございます。あなたさまが木村さまでございますねえ。恨《うら》んでおいでてでしたよ、おまえさまを」

「なんと言っておった」

「いやあ。話を聞くと、ますます驚きでございました。弥勒屋さんに毒を盛れ、だなどと」

「あっしも聞きやしたぜ。まったく非道《ひで》え話じゃございませんかい」

仁左が焚《た》きつけるように喙《くち》を容《い》れた。

「それで、それをなんと言っておったのだ！」

木村征之助はさらに乗り、ますます興奮して来たようだ。

（よし、思惑どおりだ）

忠吾郎と仁左はおなじことを思い、横に立っているお沙世も、

（まあ、話し合ったとおりになってる）

驚き、すこし離れた屋台からは玄八が、

（さすが相州屋の旦那に仁左どん、いや仁左さんだ）

胸中に感嘆の声を上げている。

応酬《やりとり》はつづいた。

「さあ、なんと言っておったのだ。いい加減なことを言うと、捨ておかんぞ！」

木村征之助は刀に手をかけた。

忠太夫の忠吾郎はたじろがない。

「木村さま。これが手負いのお女中を預かっただけなら、番頭か手代か、この出入りの職人を寄こせばすむのですが、亭主《ていしゅ》の私が出て来たのでございます。ご当家の殿さま、黒永豪四郎さまに直《じか》に話しとうございます。また、そうしなければならないようなことを、お絹さまは話されたのでございます。さあ、お殿さまにお取次を」

「うむむむっ」

木村征之助はうめき声を上げ、双方の応酬《やりとり》はさらにつづき、忠太夫の忠吾郎は〝黒永豪四郎さまに直に〟を譲《ゆず》らなかった。

二人連れの賭場の客が来た。お店者風だ。すでに舞台は始まっており、そばで引き止めることはできなかった。あとの展開を考えれば、そのほうがかえってよかった。二人連れはそのまま裏門の前を通り過ぎようとしたが、木村とは顔見知りか、

「やあ、やっておるぞ。入るがよい」

と、木村が潜り戸を手で示したのへ二人は応じ、訝《いぶか》しげに立ち話のほうを見ながら中に入った。客二人が立ち話の影を見ただけで逃げなかったのは、そこに町娘が混じっており職人風もいて、役人の聞き込みや手入れには見えなかったからだろう。やはりこうしたときのお沙世の存在は大きい。

「うーむむっ。待っておれ」

木村征之助はついに折れ、潜り戸の中に戻った。門番の中間も提灯で木村の足元を照らし、その場にいなくなった。潜り戸は半開きである。

それと見た屋台の玄八が宇平の置いていった挟箱から素早く脇差二本を取り出し、無言のまま潜り戸に走り寄り、忠吾郎と仁左に渡した。挟箱の上には、仙丸の笠も置いてある。仁左は手の提灯の火を吹き消して玄八に渡し、忠吾郎とともに暗い潜り戸の中に消えた。ほんの数呼吸のあいだの動きだった。

外には玄八とお沙世が残った。二人はうなずきを交わし、屋台に戻った。玄八は屋台を挟んでお沙世と向かい合い、大きく息をつき、そばをゆでながら、

「さすがだぜ。相州屋さん」

低く感嘆の声を洩らした。

お沙世は、

「大丈夫かしら、仙丸さんたちも」

心配げに言い、さりげなくそばを手繰りはじめた。おそらく、味などわからないだろう。

「――中のことは心配するな。そば屋の客を装って、わしらが出て来るのを待つのだ」

相州屋で策を練《ね》ったとき、忠吾郎はお沙世に言ったものだった。

耳を澄ませば、白壁の中からかすかに丁半の声が聞こえて来る。

第三幕が始まったのだ。

六

相州屋で絵図の絵解きをしたとき、

「――賭場が開かれているお長屋の中間部屋と、母屋との通路になっているのはここでございます。裏門にも、この通路を通ります」

お絹は絵図を指でなぞった。中間部屋のあるお長屋と母屋を隔てる、植込みのある裏庭だ。さすがに普請奉行の拝領屋敷で、裏庭といってもかなり広く、夜なら提灯なしでは行き来できまい。植込みの先に母屋の黒く大きな輪郭《りんかく》が確かめられる。その一画に、さきほどの門番の中間が片膝を立て、提灯をかざしているのが見える。提灯の灯りで、そこに小さな出入り口のあるのが認められた。お絹の語ったとおりである。台所の勝手口でもなく、

「――脇の小さな通用口です」

お絹は言っていた。

その通用口に近い植込みに、仙丸と宇平は潜《ひそ》んでいる。忠吾郎と仁左は、中間部屋のあるお長屋を背に身をかがめている。昼間なら、二人はお長屋から丸見え

だが、夜がその影を包んでくれている。物陰に隠れるというより、地に身を低くしているだけなのだ。お長屋の中は、百目蠟燭が煌々《こうこう》と焚《た》かれているだろうが、賭場の遠慮か灯りが外に洩れないように雨戸を閉め切っている。だが、丁半のどよめきは聞こえて来る。

絵図で、母屋と裏庭の植込みとお長屋の配置を見たとき、

「——これはおあつらえ向きだ」

忠吾郎は言ったものだった。仁左も同感だった。庭でいくらかの音がしても、賭場には聞こえないだろう。それでも忠吾郎は仙丸主従に言っていた。

「——名乗りを上げたいだろうが、音を立てず不意打ちで即座に引き揚げる。黒永豪四郎はそなたらに任そう。あとはわしと仁左とで引き受ける。よいな」

仙丸に花を持たせる意味もあるが、瞬時にことを運ぶための役割分担であり、味方から犠牲を出さぬためであった。

それはまた、

（——何事もなかったように）

ことを収めようとする、お上《かみ》の意に沿うものでもあった。忠吾郎がそれを意図したわけではない。味方の犠牲を防ぐには、不意打ちでさっと引き揚げるのが最

善の策なのだ。それは忠吾郎が……というより、仁左がそっと忠吾郎にささやいた策であり、それを忠吾郎が採《と》ったのだった。

背後から、丁半のどよめきが聞こえて来る。

忠吾郎にとって、最後の心配事があった。通用口から黒永豪四郎が出て来たとき、植込みから仙丸が衝動的に飛び出し、名乗りを上げないかであった。だが仙丸も宇平も、この仇討ちの性質を心得ているはずである。

待った。屋内では、黒永豪四郎が若党の木村征之助から話を聞き、狼狽《ろうばい》しているであろうようすが浮かんでくる。

黒永と木村は、蠟燭の灯りのなかにひたいを寄せ合い、策を練ったであろう。屋内に取込み、口を封じるのも一つの策である。だがそれでは、お絹が生き残る。だからといって柏木屋を襲《おそ》えば、弥勒屋のとき以上に事態は大きくなり、黒永家の名が江戸中に知れわたるかもしれない。黒永家は破滅である。

考えた末、方途は一つしかない。忠吾郎と仁左と仙丸たちが一致して予測したとおり、家人に知られぬように豪四郎が外に出て、柏木屋忠太夫と直に会って用件を聞き、それから策を講じる……。

仙丸と宇平が植込みの陰で抜刀し、あらためて息を殺した。通用口に、動きを感じたのだ。二人は脇差を握り締めた。

通用口の外で提灯を手に片膝をついていた中間が腰を上げ、一歩、脇へ身を引いた。戸が開いた。木村征之助が手燭《てしょく》を手に出て来た。そのうしろ、木村となじ着ながしに大刀を一本差しただけの武士、中間と木村の極度にへりくだった態度から、それが黒永豪四郎であることが看て取れる。

聞こえる。

「まったく、腰元風情《ふぜい》が面倒をかけさせる。賭場で潔《いさぎよ》う死ねばよかったものを」

大義そうに吐き捨てるような声は、黒永であろう。

忠吾郎と仁左は身を伏せたまま、固唾《かたず》を呑んだ。こうした場面は、幾度経験しても心ノ臓が高鳴る。これから人の命を奪おうというのだ。

中間の提灯と木村征之助の手燭に足元を照らされた黒永豪四郎は、仙丸と宇平の潜む植込みの前を通り過ぎた。

忠吾郎と仁左の背後で、丁半のどよめきがひときわ大きくなった。大勝負がおこなわれたのだろう。

提灯と手燭の灯りが近づいて来る。黒永豪四郎の姿がはっきりと見える。

策は、挟み打ちであった。黒永豪四郎たちが、仙丸たちと忠吾郎たちの中ほどに歩を踏むなり前後から飛び出し、瞬時に仙丸が黒永豪四郎を斃《たお》し、忠吾郎が木村征之助を斬る。邪魔立てする者がおれば宇平と仁左が斬りつける。あとは素早く、入って来た裏門に走り外へ逃げる……。

忠吾郎も仁左も、策の成功を確信し、飛び出そうと抜刀し身を起こそうとしたときだった。

「うっ」

動きを止めた。仙丸が飛び出し、三人が驚いてふり返ったのだ。つづいて宇平も飛び出ていた。仙丸が名乗りを上げた。

「元勘定方、石丸仙右衛門が一子、仙丸。黒永豪四郎、身に覚えがあろう。覚悟しやれ！」

仙丸に分別はあった。大音声《だいおんじょう》ではなかった。むしろ押し殺した、肚《はら》から絞《しぼ》り出すような低い声だった。

「なに、石丸⁉　おおっ。せ、せがれがおったのか！」

黒永豪四郎は思い起こしたようだ。手燭の木村征之助と提灯の中間は驚愕し、灯りを仙丸に突き出すばかりである。

「お覚悟！」

仙丸の身が飛翔《ひしょう》した。黒永豪四郎も木村征之助も抜刀どころか、身構える余裕もなかった。

「いまだ、旦那！」

「おうっ」

忠吾郎と仁左は脇差を振りかざし、灯りに向かって突進した。三人はそれに気づいたか、ただ狼狽するばかりである。

「たーっ」

打ち下ろした仙丸の刃《やいば》が、黒永豪四郎の頸根《くびね》から胸にかけて深く斬り裂いた。長年、この日のために磨き上げてきたといえる、あざやかな太刀筋だった。即死か、その身は声もなく崩れ落ちた。仙丸は返り血を防ぐため、黒永の横を走り抜けた。その動きは見事だった。

ほとんど同時だった。提灯を放り出し声を上げようとした中間のうしろ首を仁左の脇差が深く薙《な》いだ。仁左につづいて飛び出した忠吾郎は、木村征之助の心ノ臓に脇差の切っ先を突き立て、手燭が地に落ちたときには、忠吾郎も崩れようとするその身の脇をすり抜けていた。手燭の火は落ちるのと同時に消えていた。

宇平が、地で燃え上がる提灯を足で踏み消そうとしている。

「さあ、早くっ」

仁左が宇平の背を裏門のほうに押し、代わって地の炎を踏み消した。

「キャーッ」

通用口の中から、女の悲鳴が上がった。腰元が一人、見ていたようだ。影が裏門に消えるまで、恐怖で声も出なかったか。というより、仙丸が名乗りを上げてから仁左が地の炎を踏み消すまで、ほんの一瞬の出来事だったのだ。腰元は声を上げるいとまもなかっただろう。


仁左が最後に潜り戸を走り出た。

これで幕が下りたのではない。腰元の悲鳴は、中間部屋の賭場には聞こえなくても、母屋の中には響いたはずである。腰元は屋内から走り寄って来た家臣たちに裏門のほうを指さすだろう。賭場に来ている男たちが狼藉《ろうぜき》を働いたのではない。すぐさま追っ手が裏門を走り出るだろう。

忠吾郎たちは、そうした場合にも策を講じていた。第四幕と言えるかもしれない。

潜り戸を走り出た四人は、そのままですでに申し合わせていたとおり、屋台に向かって走った。屋台の灯りが目印になる。

玄八とお沙世が待っている。お沙世はそばを食べ終えている。数歩、走って来る四つの影のほうへ進み出て、影が四つそろっていることにホッと息をつき、

「で、首尾は！」

「上々《じょうじょう》。逃げるぞ。ついて来い」

忠吾郎は言い、宇平は挟箱を担ぎ、仁左と仙丸は素早く提灯に屋台の灯りから火を取り、一同一丸となって来た道を返した。お沙世もいる。さっきから提灯を手にしている。盗賊が逃げるのではない。灯りのあるほうが、途中の辻番や町場の自身番に怪しまれずにすむ。

走り去るその灯りに、玄八は独《ひと》り言《ごと》を吐いた。

「俺の役目、弥勒屋のときとまったくおなじだぜ」

そのとおりだった。

裏門から幾人かの家臣が、抜き身の大刀を手に走り出て来た。いずれも夜着のままで、裸足《はだし》の者までいる。相当慌てているようだ。

「おっ、屋台が出ておるぞ」

と、夜着の家臣団にも屋台の灯りが目印になった。

走り寄って来た。

玄八はその場に尻《しり》もちをつき、訊かれるまえから、

「あわわわっ、あっち」

忠吾郎らの去ったのと逆方向を指さした。

「おう、あっちだぞ」

声とともに黒永家の家臣たちは、忠吾郎らの走り去った闇とは逆の方向に走った。玄八は屋台を仕舞《しま》いにかかった。

お沙世を加えた忠吾郎の一行は、牛込《うしごめ》御門の近くで、屋台を担いで来る玄八を待った。

御門外には、毘沙門天《びしやもんてん》で江戸市中に名の知れた善国寺《ぜんこくじ》の門前町ともなっている神楽坂《かぐらざか》があり、外濠に沿った往還には夜というのに、ときおり酔客の提灯が右に左に揺れながら通り過ぎる。

屋台の灯りが近づく。

「おう、こっちだ」

草むらから仁左が声をかけた。

「いやあ、もう、裏庭に腰元衆が灯りを持って出て来て悲鳴を上げるわ、賭場から男どもが走り出て来るわで、けっこうな騒ぎになりやしたぜ」

黒永屋敷では、あるじと若党、それに中間の斬殺体に統制を失い、賭場から人が出て来るまえに、死体を屋内に運ぶことさえできなかったようだ。

襲った側に、中間姿の一人いたことが、屋敷内の混乱をいっそう大きくしていた。提灯の火を踏み消そうとしていた宇平の姿を、腰元が通用口の中から目にとめていたのだ。

「――お屋敷内の者が！」

腰元は叫んでいたのだ。もっとも宇平が中間姿だったのは、植込みで見つけられたとき、奉公人のふりをするための用意だったのだ。

「屋台、代わろうか」

「すまねえ。頼まあ」

仁左が屋台の担ぎ棒に肩を入れ、身軽になった年寄り仕立ての玄八が、やれやれといった風情で腰を伸ばした。

七

翌朝、仙丸はお仙に戻り、お絹の横で目を覚ました。お絹はもう人手を借りなくても、自分で背中の傷をいたわりながら上体を起こし、立ち上がれるようになっていた。

井戸端がにぎやかだ。

手桶を両手で持った宇平が言った。

「あんれ、玄八さん。あんた、わしとおなじくらいのお人かと思うてたら、若いんだねえ」

「あははは。屋台の仕事は、年寄りを扮えているほうが、お客さんは安心して召し上がってくれるからねえ」

玄八は応えた。

実際、昨夜そばは売れなかったが、裏門から走り出て来た黒永屋敷の家臣たちは、地面に尻もちをついて〝あわわ〟とあらぬ方向を指さす年寄りのそば屋に、なんの疑いも持たなかった。

玄八は顔を洗うと、また年寄りに戻り、屋台を担いで帰って行った。

その井戸端で、仁左はおクマとおトラに言った。

「きょうも大木戸か寺町のほうかい。俺はちょいと伊佐どんの部屋をかたづけてから、また増上寺と神明宮のほうをまわってみらあ。一緒に行かねえかい」

「嫌だよう。なんだかあそこ、物騒みたいで」

「そう。仁左さん、行くんなら物見して来ておくれよ。なんともなかったら、わたしらもまた行くから」

おクマとおトラは返した。

仁左が〝一緒に〟と言ったのは、冗談などではなかった。町のようすを知るには、裏を知らないおクマとおトラが最適だった。だが、行かないと言うのなら仕方ない。無理強《じ》いは禁物である。

おクマとおトラが三田の寺町方向に出かけてから、仁左は万吉に手伝わせ、ようやく伊佐治の部屋をかたづけはじめた。

「やっと、伊佐どんに顔向けできそうだからな」

仁左はかたづけながら、万吉に言った。

黒永豪四郎と木村征之助が何者かに屋敷内で殺されたことも、やがて町場にながれ出るうわさで知るだろう。

武家地のうわさはなかなか町場にはながれないものだが、昨夜の一件は、屋敷が賭場を開帳していたばかりに、町場から客として来ていた者たちに三人の斬殺体を見られているのだ。町場にそれがながれ出ないはずはない。もっとも神明前の弥勒屋に、普請奉行が絡《から》んでいたことなど、人足だった万吉が知るところではないのだが。

「おめえ、自分の手で殺《や》らなくても、胸の痞《つか》えが取れたのじゃねえのかい。弥勒屋そのものも、もうなくなったというからなあ」

「へえ、そのようで。でも、どこのどなたが始末してくだすったのか、そこが知りてえ」

「あははは。そりゃあおめえ、お天道《てんとう》さまがそういうふうにしてくだすったのだろうぜ」

話しているところへ、お沙世が前掛姿で万吉を呼びに来た。昨夜の疲れなど、まったく見せていない。

「なにやってんの、万吉さん。早く来てよ。うちのお爺ちゃんがねえ、近所の薪割りまで請負《うけお》ってしまったのよ」

万吉は向かいの茶店で、働き者として重宝されているようだ。

「おう、行って来い、行って来い。ここはいいから」

仁左は万吉を急かした。

この日、仁左は実際に増上寺門前と神明前をながした。はたして神明前には増上寺門前の壱右衛門や弥之市らの申し合わせが作用しており、おもての平穏は保たれていた。そのようすに仁左は、

(さすが店頭の裏の力、大《てえ》したもんだ)

あらためて感心したものである。空白地帯となった神明前に奉行所の役人が入ったなら、かえって一帯は混乱するだろう。


その夜、相州屋の奥の部屋で、忠吾郎と仁左は話しこんでいた。裏庭に面した居間には、いまもお絹が床《とこ》をとっており、仙丸のお仙がつき添っている。お仙はお絹に言っていた。

「――うわさに聞いたのですが、小石川の黒永屋敷になにやら異変があり、お絹さんが話していたあるじの黒永豪四郎と若党の木村征之助が殺されたそうですよ」

「——まあ、それは！　それで、黒永家はいかように？」

訊いたお絹に、

「——さあ、それは。なんでも賭場の件も明るみになったようですから、不届きの段これありで、断絶でしょうかねえ」

応えたが、それ以上はお仙にもわからない。

忠吾郎は伊佐治の仇を討ったものの、深刻な表情になっていた。

「お絹は傷が癒《い》えしだい、いずれ武家屋敷の奉公先を找《さが》してやるつもりだが、問題は仙丸だ。あやつめ、わしらの働きにことさら興味を持ち、仇討ちよりも、世直しでございましたなあ、などと言いおった」

「あっしは半分、その気でござんしたが」

「呑気《のんき》なことを言うねえ。その仇討ち世直しで、仙丸と宇平にわしらの影走りの一端を披露《ひろう》してしまったのだぞ」

「そうなりやすねえ」

「仙丸に訊かれたぞ。相州屋さんは人宿だけでなく、かようなことを常にしておいでなのか、と」

仁左の表情にも真剣さが浮かんで来た。

忠吾郎はつづけた。

「わたしにも、できませぬか……と、訊きおった」

「影走りを、仙丸さんにですかい。そりゃあ人知れず十二年も仇討ちの修練を積み、それも免状のねえ、闇の仇討ちでやしたからねえ。そこにつき添った中間の宇平どんも、なかなかのものでさあ。で、どうしやす」

「そこが思案のしどころさ。おめえ、伊佐治なしで、これからもやれるかい。悪党退治の影走りをよう」

「名のとおり、男だったら問題ありやせんが……。まあ、しばらく寄子になってもらってちゃどうですかい」

「ふむ」

と、この日の話はそこまでだった。


翌日、午前《ひるまえ》に玄八が来た。相変わらず老け作りでそばの屋台を担いでいる。仁左は一人で近場《ちかば》に道具箱の音を立て、相州屋にはいなかった。忠吾郎はいつものように向かいの茶店の縁台に座り、長煙管をくゆらしながら、往来のながれに視線をながしていた。

玄八は屋台を脇に置き、忠吾郎の横に腰を下ろした。

「呉服橋の大旦那から。きょう午過《ひるす》ぎ、金杉橋に、と。お一人で」

「またかい」

「へえ。大旦那はいま竜之口に。染谷の旦那はそのお供で。それであっしが代わりに来たしだいで」

「ほう」

忠吾郎の返事には期待がこもっていた。竜之口といえば、評定所である。二日前の騒ぎを踏まえ、黒永家への裁許が評定されるのだろう。迅速である。こたびは忠之が要請したのではなく、若年寄の内藤紀伊守から至急出仕《しゅっし》せよとの沙汰《さた》があったのだ。しかも前回とおなじく、隠密廻り同心の染谷結之助を伴《ともな》えとの下知だった。

忠吾郎と玄八が縁台に座って話しているころ、すでにそれは始まっていた。この日の顔ぶれも、染谷を伴った榊原忠之と勘定奉行の古川山城守、若年寄の内藤紀伊守と目付の青山欽之庄だった。

評定は、陽《ひ》が中天にさしかかるころには終わっていた。

午過ぎになった。

浜久の奥の一室に、忠之はいつものように着ながしに深編笠で来た。二人はあぐら居で向かい合った。

忠之は開口一番、言ったものである。

「いやあ、山城守さまも紀伊守さまも、それにお目付の青山どのも、至極ご満悦じゃったぞ。柳営になんの瑕疵《かし》をつけることもなく、黒い霧を一掃することができたとな」

「待ってくれ、兄者」

忠吾郎は返した。

「わしはなにもそんなことに合力するために、石丸家の遺児や仁左らと打込んだんじゃねえぜ」

「わかっておる。だがよ、お上《かみ》の黙認があったから、うまく行ったのは事実ではないのか」

「兄者といえど、怒りやすぜ」

「まあ、そう言うな。実はな、予測したとおりだった。だからきょうも、おまえ一人を呼んだのじゃ」

ったのだ」

「染谷も伴えと下知があったのは、おとといの打込みのようすを語らせるためだった。染谷は玄八から詳しい報告を受けておるでのう。するとじゃ、案の定だったのだ」

「なんのことで」

「帰り、評定所の正面玄関だった。目付の青山欽之庄どのが、儂《わし》にそっと言いおった。いつも合力してくれて、ありがたい……とな」

「だからなにがですかい」

忠吾郎は覚《さと》った。相州屋も隠密廻り同心やその岡っ引も、知らず徒目付《かちめつけ》に合力し、踊らされているのではない。

「うっ」

(あくまでも自分たちの意志で、世の悪を退治しているのだ)

忠之も、それを言いたいのだろう。

言葉はつづいた。

「どうだ、この際だ。質《ただ》してみぬか」

「うーむ」

忠吾郎は腕を組み、しばし思案の達磨《だるま》となった。